# KEPLERS WÖLFIN

ALPHAS IN ALASKA
BUCH ZWEI

TAMSIN LEY
FRANZISKA POPP

Twin Leaf Press

**Cupcakes und Fangzähne**

Ashlyn Reed lebt seit zwei Monaten in Alaska und hat sich mit einer eigenen Bäckerei einen Traum erfüllt. Eines Nachts wird sie in einer dunklen Seitengasse attackiert, doch nicht sie, sondern der Angreifer endet als Leiche. Der heiße Detective, der in dem Fall ermittelt, eröffnet ihr, dass sie ein Werwolf ist. Und nicht nur das! Außerdem besteht er darauf, dass sie vom Schicksal als seine Gefährtin auserwählt wurde. So viele Informationen auf einmal. Ob er wirklich die Wahrheit sagt?

**Gerüchte und Hexen**

Jemand in der Stadt verwünscht Gestaltwandler und Detective Kepler Stone ist entschlossen, den Schuldigen zu finden. Nun ist auch noch seine neue Gefährtin in Gefahr, denn das Rudel besteht darauf, dass Ashlyn ausgelöscht werden muss, bevor sich der Fluch ausbreitet. Kann er den Fall rechtzeitig lösen und seine Gefährtin retten?

Lektorat: Christian Popp

ISBN: 978-1-950027-64-4

Twin Leaf Press
PO Box 672255
Chugiak, AK 99567

Die Musik aus der Bar brachte den Boden unter Ashlyns Füßen zum Beben, als sie darauf wartete, dass der Türsteher ihren Ausweis absegnete. Von ihrer neuen Friseurin hatte sie sich zu Meerjungfrauenhaaren überzeugen lassen. Sie war fünfundzwanzig Jahre alt, aber das Pink und das Blau in ihren Haaren schienen den Eindruck zu erwecken, dass sie jünger sei. Das und die Tatsache, dass sie Cupcakes in den Armen hielt.

„Sie sind mit Mojito-Geschmack", sagte sie dem Türsteher. Gott, sie fühlte sich so dämlich. Wer brachte schon Cupcakes zu einer Bar? „Sie sind für einen Junggesellinnenabschied."

„Ah." Der Türsteher gab ihr den Ausweis mit einem Zwinkern zurück und wies sie an, einzutreten. „Die Gruppe ist schon drin. Viel Spaß."

„Danke." Sie lächelte und betrat die Bar. Vor zwei Monaten war sie nach Kenai gezogen, um die Bäckerei ihrer Cousine zu übernehmen, und sie schätzte es sehr, wie freundlich die Menschen hier waren. Das bewies auch diese Junggesellinnenfeier. In den letzten Wochen war sie damit beschäftigt gewesen, zu backen und das Chaos zu beseitigen, das Lana Buchhaltung nannte. Dadurch hatte sie kaum Zeit gehabt, Leute kennenzulernen. Muffy, die zukünftige Braut, war in die Bäckerei gekommen, um nach einem Kostenvoranschlag für eine Hochzeitstorte zu fragen. Nachdem ihr bewusst wurde, dass Ashlyn neu in der Stadt war, wurde sie prompt zu der Party eingeladen.

Normalerweise gehörte Ashlyn nicht zu der Art Mensch, die von vollkommen Fremden Einladungen annahm, aber sie brauchte Freunde, und Muffy schien nett zu sein. Zumindest würde die Party dafür sorgen, dass sie mal aus dem Haus kam.

Im Eingangsbereich stoppte sie und ließ den Blick auf der Suche nach Muffy über die Menge schweifen. Sie sah zu der Tanzfläche, die von farbenfrohen Lichtern angestrahlt wurde. Der Bereich war mit sich windenden Menschen vollgestopft, während andere um die hohen Tische standen. Die Bar in der Mitte agierte als Raumteiler und aus der Küche nahm sie den köstlichen Geruch nach Alaska-Heilbutt und Steakpommes wahr. Ihr Magen knurrte. Sie hatte heute so viel zu tun gehabt, dass sie das Mittag hatte ausfallen lassen. Süße Cupcakes würden nicht reichen, wenn sie vorhatte, Alkohol zu trinken.

Aus den Nischen an der Wand trat Gelächter an ihre Ohren. Eine Gruppe aus Frauen in tiefausgeschnittenen Blusen hob Shotgläser in die Luft. Ashlyn entdeckte Muffys dunkle, professionell verwuschelte Haarpracht, auf der ein glitzerndes Plastikdiadem thronte. Ihre Nervosität meldete sich. An sich war sie nicht schüchtern, aber sich einer Gruppe aus Frauen anzuschließen, die sich bereits kannte, war immer merkwürdig. Zu dumm, dass ihre Cousine Lana auf ihrem Fischerboot beschäftigt war, sonst hätte Ashlyn sie mit zur Party gezerrt.

Sie drückte die Schultern durch und setzte einen Fuß vor den anderen. Die gesamte Zeit behielt sie

Muffys weißen Schleier im Auge, der sie als den Star der Show identifizierte. Klischeehaft. Ashlyn mochte es klischeehaft. Das machte es voraussehbar.

Die zukünftige Braut entdeckte sie. Muffy lehnte sich über den Tisch und wedelte mit ihren manikürten Nägeln, um ihre Freundinnen zum Schweigen zu bringen. „Macht ein wenig Platz für Ashlyn. Ashlyn, das ist meine Schwester Jen. Sie ist zu Besuch aus Idaho. Ich versuche, sie davon zu überzeugen, zu uns zu ziehen." Dabei zeigte sie auf eine Frau mit kastanienbraunen Haaren, neben der sich Ashlyn hinsetzte. Anschließend stellte Muffy ihr die anderen Frauen am Tisch vor. „Und das sind meine Freunde: Bev, Christy und Alison."

Die Frauen grüßten sie mit einem Lächeln und Ashlyn fühlte sich augenblicklich willkommen. Sie hatte vergessen, wie gut es sich anfühlte, sich mit Freunden zu treffen. Sie kannte diese Damen noch nicht, aber die Scherzgeschenke in der Form von Penissen auf dem Tisch zeigten, dass sie Humor hatten. *Vielleicht mögen sie sogar meine schlechten Witze.* Zuerst jedoch würde sie die Gruppe mit ihren selbstgemachten Cupcakes bestechen.

Ashlyn stellte die pinke Schachtel auf den Tisch. „Ich habe etwas Köstliches für uns gebacken."

„Oh, das ist so lieb von dir. Das wäre wirklich nicht nötig gewesen!" Muffy schob die Box zur Seite und gab Ashlyn ein Shotglas. „Hier, trink. Du musst aufholen!"

Der beißende Geruch von Tequila trat an ihre Nase. Als sie das letzte Mal Tequila getrunken hatte, war sie zu einem Arschloch geworden und hatte sich sehr unbeliebt gemacht. Andererseits hatte ihr Ex Ryan den alkoholisierten Ausbruch wirklich verdient. Sie hätte die Situation dennoch besser handhaben können. „Nein danke. Lieber nicht."

„Oh, komm schon! Deine Bäckerei ist morgen geschlossen." Muffy schwankte im Einklang zu der Musik, während sich ihre der Schwerkraft trotzenden Brüste keinen Millimeter bewegten. „Hab ein bisschen Spaß!"

Ashlyn griff nach der laminierten Speisekarte unter den Scherzartikeln. „Ich hatte noch kein Abendessen."

„Wir haben bereits Appetitanreger bestellt." Muffy legte die Hand auf die Speisekarte. „Darum musst du dich also nicht sorgen."

Jen lehnte sich zu ihr und ihre langen kastanienbraunen Wellen fielen um ihre Schultern.

„Trink den Einen. Dann lässt sie dich erstmal in Ruhe."

„Jedenfalls bis der nächste du weißt schon was sagt!" Bev – eine Blondine, von der Ashlyn glaubte, sie ein- oder zweimal in der Bäckerei gesehen zu haben – richtete ein übertrieben ausgeführtes Zwinkern in ihre Richtung.

„Welche Wörter dürfen wir nicht sagen?"

„Oh, sie ist hinterlistig!" Jen lachte. „Sie versucht, zu erreichen, dass wir sie laut aussprechen."

„Ich hab ja gleich gesagt, dass du sie mögen wirst." Muffy lehnte sich über den Tisch, um Ashlyn eine bunte Perlenkette umzulegen. „Jen hat eine Liste angefertigt. Irgendwo hier muss sie sein." Sie zeigte auf den vollgepackten Tisch. „Jeder sollte am Anfang wenigstens mit einem Shot beginnen."

Ashlyn vertrug keinen Alkohol. Schneller als sie Tequila sagen konnte, stieg er ihr in den Kopf. Andererseits würde eine kleine Menge vielleicht dafür sorgen, dass sie sich etwas entspannte. Sie legte das Glas an ihre Lippen und warf den Kopf in den Nacken. Der Tequila bahnte sich einen brennenden Pfad ihre Kehle herunter und wurde begleitet von einem Schwindelgefühl. *Wow, das ging schnell.* Sie presste die Augen zu und schüttelte den Kopf. „Ah!"

„Ja!", jubelten die Frauen am Tisch.

Ashlyn nahm einen Zettel entgegen. JUNGGESELLINNENBINGO stand darauf geschrieben und schon kam die nächste Runde Shots. Die Kellnerin stellte vor ihr ein Glas ab und Ashley sagte: „Danke."

Wie es aussah, war dies ein Wort, das sie nicht erlaubt waren, zu sagen, und so riefen die Frauen im Sprechchor: „Trink! Trink!"

Ihr Magen wehrte sich. Auf der Suche nach den Appetitanregern blickte Ashlyn über ihre Schulter. Die Kellnerin war zu einem anderen Tisch gegangen. Das Essen würde doch sicher bald kommen, oder? *Du bist nicht hierhergekommen, um die Spaßbremse zu spielen.* Tief atmete sie ein und trank den Shot.

Sofort war ihr klar, dass das ein Fehler gewesen war. Ihr Magen rebellierte und sie schoss auf die Füße. „Entschuldigt mich kurz."

„Musst du auf die Toilette? Warte, ich komme mit", sagte Muffy.

Ashlyn wartete nicht. Der Tequila kam ihr hoch und sie würde es bevorzugen, sich nicht auf ihre neuen Freundinnen zu übergeben. Das Klo musste im hinteren Bereich liegen, oder? Mit den Ellbogen kämpfte sie sich durch die Menge aus schwitzenden Körpern. Keine Toiletten zu sehen. Sie entdeckte lediglich die Küche und den Notausgang. Mit dem Tequila bereits in ihrem Rachen drückte sie sich gegen die Tür ins Freie.

Kühle Luft wehte über ihren Körper. Sie kam nur ein paar Schritte, bevor sie sich vorlehnte und sich in der dreckigen Seitengasse übergab. Nach wenigen Sekunden war ihr Magen leer. Mit den Händen auf ihren Knien schnappte sie nach Luft. Als sie den Kopf hob, sah sie das Nordlicht. Bänder aus grünem Licht erstreckten sich hinter ein paar Wolken. Das war das erste Mal, dass sie in den Genuss dieses Naturschauspiels kam, und sie wünschte wirklich, dass sie sich in einem besseren Zustand befinden würde, um es genießen zu können.

Die Gasse blieb ruhig. Nur der gedämpfte Bass der Musik im Inneren war zu hören, als sie sich weiterhin auf ihre Atmung konzentrierte. Gott, sie hasste es, sich zu übergeben. Und der Geruch! Bereits vor ihrem Beitrag hatte es hier nicht gerade nach Aromatherapie gerochen. Und jetzt? Einfach abartig. Wenigstens hatte sie keinen Alarm ausgelöst, indem sie durch den Notausgang den Club verlassen hatte.

Sie richtete sich auf, wischte mit dem Handrücken über ihren Mund und kehrte zur Tür zurück. Plötzlich krachte sie gegen eine männliche Brust. *Verdammt.* Der Türsteher musste zu ihr gekommen sein, um nach ihr zu sehen. Sie hob den Kopf. „Tut mir leid, ich –"

Sie traf auf glühende violette Augen.

Nach Luft schnappend stolperte sie rückwärts. Sie hatte davon gehört, dass Tequila Halluzinationen hervorrufen konnte. Auf diese Erfahrung hätte sie echt verzichten können.

Der Mann öffnete seinen Mund und entblößte unnatürlich spitze Zähne. Sie ging einen weiteren Schritt auf Abstand. Ihr Herz hämmerte gegen ihren Brustkorb. Seine wilden Haare wiesen eine weiße Strähne auf und sie dachte sofort an Frankensteins Braut.

Obwohl es unangebracht wirkte, konnte sie sich nicht zurückhalten und murmelte: „Es lebt!"

In einer Bewegung, die zu schnell war, um ihr mit den Augen zu folgen, griff er nach ihr.

Sie schrie und versuchte, sich an die Lektionen aus dem Selbstverteidigungskurs in der Schule zu erinnern. Das war jedoch zehn Jahre her. Wie Krallen wickelten sich seine Finger um ihre Arme und rissen sie an sich. Sein Gesicht senkte sich auf ihre Schulter und dann spürte sie Schmerz.

*Beißt er mich?*

Es tat weh. Schmerz. Wut. Zorn. Ihr gesamtes Sein schien zu explodieren und sich aus Funken und Fell neu zusammenzusetzen. *Fell?*

Ihre Lippen zogen sich von ihren Zähnen zurück. Dann lagen ihre Lippen plötzlich an seiner Kehle. Der Geschmack nach Eisen bedeckte ihre Zunge.

*Nicht Eisen. Blut.*

Was zum Teufel ging hier vor sich? Sie hatte die Kontrolle über sich verloren. Ihr Kopf drehte sich, ihr Kiefer weigerte sich, von ihm abzulassen. Sie fühlte, wie Fleisch riss, und nahm die grauenhaften

Laute des Mannes wahr, der erfolglos nach ihr ausholte. Das Licht in seinen Augen wechselte zu einem Grün und sie hätte schwören können, dass er sich bei ihr bedankte.

Dann erlosch das Glühen in seinen Augen.

Kepler erreichte den Tatort, als die orthodoxe Kirche in der Nähe Mitternacht schlug. Er stieg aus seinem Jeep und holte aus dem Kofferraum seine gerichtsmedizinische Ausrüstung. Rotes und blaues Polizeilicht reflektierte von dem Metalldach der Bar. Die Zeit für die Touristen kam zu einem Ende, dennoch presste sich eine Traube aus Schaulustigen gegen das Absperrband vor der Seitengasse.

Er schob sich durch die Menge, ignorierte genervte Blicke und duckte sich unter dem Band hindurch. Der Officer, der die Leute beobachtete, ließ ihn mit einem Nicken passieren.

Neben dem schwach beleuchteten Hinterausgang der Bar entdeckte er Blut zwischen den Mülltonnen. Die Luft stank nach Fisch, Erbrochenem und Müll. Kepler zwang seine tierischen Instinkte nieder und versuchte, nicht zu tief einzuatmen, als er die Szene in sich aufnahm. Ein schlanker Mann mit lockigen Haaren lag mit aufgerissener Kehle neben der Tür auf seinem Rücken.

Kepler hielt neben dem Pfotenabdruck in der Größe einer Melone an. Angriffe von Bären kamen vor, denn in dem Fluss gab es ein reichhaltiges Angebot an Lachs. Aber das war nicht der Abdruck eines Bären. Er kam von einem Wolf. Einem großen Wolf. Einem Gestaltwandler. Dafür musste er nicht mal tief einatmen.

Der Polizist Cal löste sich von einer Unterhaltung mit einem State Trooper und kam zu ihm. Sein sommersprossiges Gesicht wirkte ungewohnt düster. Cal war auch ein Wolf. Er hatte Kepler kontaktiert, als immer mehr infizierte Wandler in der Gegend aufgetaucht waren. Beide galten sie in dem ansässigen Rudel als Außenseiter und so waren sie seit Keplers Versetzung vor drei Monaten schnell Freunde geworden.

Cal zog Erkältungssalbe aus der Brusttasche seiner Polizeiuniform und bot sie Kepler an, als er in einem Flüsterton sagte: „Das Opfer ist ein Wandler. Und auch er weist diese komischen weißen Flecken auf, nach denen wir stets Ausschau halten."

Kepler schüttelte den Kopf und lehnte die Salbe ab. So sehr er den Geruch eines Tatorts auch verabscheute, nahm seine Nase oft Anhaltspunkte wahr, die er ansonsten übersehen würde. Sein Geruchssinn ließ ihn bei seiner Arbeit glänzen. In kürzester Zeit hatte er sich dadurch den Respekt der Männer in seiner Abteilung verdient. Er hockte sich hin, um einen besseren Blick auf das Opfer werfen zu können. „Wissen wir, wer ihn ausgeschaltet hat?"

„Nein." Cal zuckte mit den Achseln. „Der Presse werden wir sagen, dass es wahrscheinlich ein Bär war. Denkst du, dass du mich in die Ermittlungen einbeziehen kannst?" Cal wollte Teil der Spurensicherung sein, jedoch fehlten ihm die Qualifikationen. Bisher hatte Kepler noch nicht den Einfluss mit der von Menschen dominierten Strafverfolgungsbehörde, um ihn ins Boot zu holen.

„Ich werde es bei Finch ansprechen. Du weißt aber, wie es funktioniert. Wir müssen sicherstellen, dass alles nach Vorschrift abläuft. Wie steht es um deine

Weiterbildung?" Kepler hatte ihm geholfen, sich für Onlineseminare anzumelden.

„Du weißt gar nicht, wie sehr ich Hausaufgaben hasse", beschwerte sich Cal. „Bist du dir sicher, dass es keine Möglichkeit gibt, mit einer Prüfung schneller ans Ziel zu kommen?"

„Bei dem Test kommt es nicht auf deine Wandlersinne an, Cal. Für den Job brauchst du die Theorie, die Abläufe –"

„Ich weiß ja." Cal wedelte mit der Hand, um die erneute Belehrung zu beenden. „Ich bemühe mich. Geh und mach dein Ding. Ich kümmere mich um die Menschen. Lass mich wissen, wenn du Hilfe brauchst."

Nickend zog Kepler seine Kamera hervor und schoss Bilder. Die weiße Strähne wies darauf hin, dass der Mann infiziert war. Das bedeutete, dass, wer auch immer ihn getötet hatte, für die Wandlergemeinde nebensächlich war. Herauszufinden, was oder wer Wandler dermaßen aggressiv machte, war Keplers höchste Priorität. In Gakona war der Ausbruch den Hexen in die Schuhe geschoben worden, obwohl das niemals bewiesen werden konnte. Er stellte sich auf eine Reizüberflutung ein, holte tief Luft und suchte die Gegend nach Hinweisen ab. *Blut. Müll. Wolf. Gefährte.*

Er sprang auf die Füße und trat einen Schritt zurück. *Gefährte?* Nicht der tote Wandler, sondern der andere Wolf, der vor Kurzem noch hier gewesen war. Der Wandler, der höchstwahrscheinlich diesen hier erlöst hatte. Wildblume und Moschus. Eine Duftmischung, die seinen Wolf in helle Aufregung versetzte und von Kepler verlangte, schnell zu handeln.

Er realisierte, dass er schwer atmete, als Cal ihm erneut die Salbe anbot. „Hast du deine Meinung geändert?"

„Es geht mir gut." Kepler rieb mit den Handflächen über seine Schenkel. Alle Gestaltwandler sehnten sich nach ihren Partnern fürs Leben, nach ihren vom Schicksal bestimmten Gefährten. Romantisch war dieser Moment allerdings nicht. Zumal sie eine Verdächtige in der Ermittlung war. „Du riechst nichts Ungewöhnliches, oder?"

„Nein. Wieso?"

Die Hintertür schwang auf und eine junge Frau mit einem Handy in der Hand und einem Plastikdiadem auf dem Kopf erschien. Cal drehte sich zu ihr und hob eine Hand, um sie zu stoppen. „Hey, dies ist ein Tatort. Sie müssen gehen."

Die Frau sah zu dem Toten und riss die Augen weit auf. „Meine Freundin ist verschwunden und ich mache mir Sorgen."

„Also hier ist sie nicht." Cal brachte die Frau wieder in den Club.

Indessen wandte sich Kepler erneut dem Tatort zu. Seine Augen folgten den blutigen Spuren neben der Leiche. Sie führten von dem Körper weg und an das Ende der Gasse. Sein Wolf trieb ihn an. Verzweifelt wollte er diese Frau kennenlernen. Sein menschlicher Verstand packte die Leine an dem Biest fester. Er durfte nicht erlauben, dass seine Hormone die Oberhand erlangten und seine Ermittlungen in diesem Fall störten.

Mit klopfendem Herzen lief er durch die Gasse, sein Blick stets auf den Pfotenabdrücken, sodass ihm kein Hinweis entging. Nach einer Weile verschwanden die Spuren, während sich der Duft nach Honig und Frau verstärkte.

An einem Müllcontainer erstarrte er, seine Nasenflügel bebten. Sie war hier. Genau hier. Seine

Hormone schlugen Alarm. In einem sanften Ton fragte er: „Hallo?"

Aus dem Müllcontainer vernahm er einen atemlosen Schluchzer.

Er öffnete den Deckel und seine Kehle schnürte sich zu. Aus dem Inneren trafen zwei leuchtend blaue Augen auf seine.

„Komm nicht näher", presste die Frau heraus.

Er drückte den Deckel weiter auf und entblößte eine nackte Frau mit bernsteinfarbener Haut, die in einer der Ecken kauerte, umschlossen von Takeout-Tüten und leeren Alkoholflaschen. Langes Haar in Pink und Blau ergoss sich um ihr rundes, geplagtes Gesicht, und die Farben standen in einem starken Kontrast zu der betrüblichen Umgebung. Sie kam ihm bekannt vor, wusste jedoch nicht woher. Es könnte auch daran liegen, da sein Wolf darauf bestand, dass sie Gefährten waren. „Alles okay?"

„Ich sagte, dass du nicht näher kommen sollst!" Sie fletschte ihre Zähne und ihre blauen Augen blitzten auf. Getrocknetes Blut fand sich auf ihrer wunderschönen Haut. An ihrer Schulter entdeckte er eine frische Bisswunde in der Form eines Halbmondes.

Er blickte die Gasse hinunter zu der Leiche und setzte die Puzzleteile in seinem Kopf zusammen. *Der verdammte Abtrünnige hat meine Gefährtin angegriffen.* Sein Wolf spielte verrückt. *Beschütze sie.* Kepler streckte seine freie Hand nach ihr aus und sprach in einem sanften Ton: „Alles okay. Ich werde dir nicht wehtun. Wie heißt du?"

Ihre schlanken Schultern hoben und senkten sich mit ihren hektischen Atemzügen. „Du verstehst nicht. Ich habe ihn getötet. Bleib auf Abstand."

*Scheiße.* Ihr Wolf musste die Kontrolle an sich gerissen haben, um sie vor dem Angreifer zu beschützen. „Es ist nicht deine Schuld. Ich heiße Kepler. Detective Kepler Stone."

Für einen langen Moment starrte sie ihn an, bis ihre Augen schließlich von Skepsis befreit waren. „Detective Stone?"

„Genau." Er lehnte sich in den Müllcontainer, seine Hand noch immer nach ihr ausgestreckt. Sie schien ihn zu erkennen. Seit er in diese Gegend gezogen war, hatte er jedoch sehr viele Leute getroffen, also war es nicht überraschend. „Lass mich dir aus dem Müllcontainer helfen, bevor die Menschen dumme Fragen stellen können."

Die Skepsis war in ihren Blick zurückgekehrt und sie presste sich in die Ecke, versuchte, sich kleiner zu machen. „Menschen? Was redest du denn da?" Sie schluchzte. „Ich verstehe nicht, was mit mir passiert."

Sein Blut gefror in seinen Venen zu Eis. War sie kein Gestaltwandler? Tief atmete er ein, suchte durch die anderen Gerüche, um nur sie wahrzunehmen. Sein Tier bestand darauf, dass sie ein Wandler und seine Gefährtin war. Oh ja, definitiv ein Wolf. Zudem roch es nach Asche und Erbrochenem. Vielleicht litt sie unter einer kurzzeitigen Amnesie, ausgelöst durch die traumatischen Ereignisse. Sein Beschützerinstinkt ließ sich nicht länger unterdrücken.

Es war ihm egal, wer zusah. Kurzerhand zog er sich sein Hemd aus und hielt es ihr hin. „Verrate mir deinen Namen."

„Ashlyn", flüsterte sie. Mit einer zitternden Hand akzeptierte sie sein Hemd. „Ashlyn Reed. Ich leite die Bäckerei."

Er blinzelte und dann traf ihn die Erkenntnis wie ein Blitz. In die Bäckerei ging er regelmäßig, um den Kollegen Bearclaw-Gebäcke mitzubringen. Wie war es möglich, dass er sie bei diesen Besuchen nicht als seine Gefährtin erkannt hatte? Zur Hölle nochmal, er hatte nicht mal bemerkt, dass sie eine Wandlerin war. Das ergab alles keinen Sinn. Ein Mensch sollte nicht dazu in der Lage sein, ein Gestaltwandler zu werden, ohne zuvor die versteckte Quelle in einem Gletscher besucht zu haben. Und er bezweifelte, dass sie das getan hatte.

Sein Blick fand den Hintereingang der Bar, wo sich Cal und der State Trooper unterhielten. Der Trooper war ein Mensch und eine Aufgabe von Cal bestand darin, ihn abzulenken, sodass Kepler seinen Job machen konnte. Die meisten Menschen wussten nicht, dass Gestaltwandler existierten und dabei wollte es der Rat der Wandler auch belassen. Aber wie sollte er nun mit Ashlyn verfahren?

Sie gab ihr bestes, ihre Schluchzer zu unterdrücken, und hatte Schwierigkeiten, ihren Arm in den Hemdärmel zu bekommen. Ihr gesamter Körper zitterte wie Espenlaub. Bis er wusste, wie es weitergehen sollte, musste er sie beschützen. Seine Gefährtin. „Heute Abend hast du viel durchgemacht. Erlaube mir, dich an einen sicheren Ort zu bringen, damit wir uns unterhalten können."

Zittrig atmete sie ein und nickte. Als sie aufstand, erhaschte er einen Blick auf ihren nackten Körper. Das Bedürfnis, den Gefährtenbund zu erfüllen, war überwältigend. Sein Körper reagierte trotz der ekelhaften Umgebung. Beherrsche dich, sagte er zu sich selbst. Indessen konzentrierte er sich darauf, ihr nicht seine Fangzähne zu zeigen. Gleichzeitig senkte er den Blick auf den Boden, um das unnatürliche Glühen seiner Augen vor ihr zu verbergen. Das Letzte, was Ashlyn gerade brauchte, war ein notgeiler Gefährte. Zumal ihr wahrscheinlich nicht mal bewusst war, dass es diese Art der Verbindung gab.

Ihre nackten Füße fanden den dreckigen Boden und sie sah zu ihm auf. „Ich … Eigentlich darf ich nicht Danke sagen", sagte sie begleitet von einem Schluckauf. Dann kicherte sie los.

Er hatte keine Ahnung, was sie damit meinte, aber sie stand offensichtlich unter Schock. Er musste sie von dem Tatort wegschaffen und sie beruhigen, sodass er ihr ein paar Fragen stellen konnte. Bevor der Trooper oder einer der Menschen sie entdeckte, hob er Ashlyn in seine Arme. Auf keinen Fall würde er Ashlyn der Polizei übergeben. Er vertraute Cal und wusste, dass er für sein Verschwinden eine gute Erklärung finden würde.

Mit jedem Schritt entfernte er sich weiter von der Szene, lief hinter dem Gebäude entlang und ging zu dem Parkplatz, auf dem sein Jeep stand. Ashlyn krallte sich an ihm fest und er atmete ihre Duftmischung aus Honig zusammen mit Tequila, Müll und dem Ozon, das auf Magie hinwies, in seine Lungen. *Ist es möglich, dass auch sie infiziert ist?* Bei dem Gedanken schüttelte er sich. Sofort betrachtete er ihre farbenfrohen Haare unter dem Licht des Mondes. Kein Anzeichen auf weiße Stellen.

Erleichtert setzte er sie auf den Beifahrersitz und schnallte sie fest. Sogleich rannte er zur Fahrerseite. Er startete den Motor und fuhr zu seinem Zuhause. Er wollte sie in Sicherheit wissen. Dann konnte er sich einen Plan für die Zukunft überlegen.

Auf der Fahrt schwieg Ashlyn. Sie starrte aus der Windschutzscheibe und krallte sich an dem Hemd fest, um es geschlossen zu halten. Er bog auf seine Einfahrt, dankbar für den hohen Holzzaun zwischen seinem Grundstück und den Nachbarn. Als er den Jeep abschaltete, schien Ashlyn zum Leben zu erwachen. „Solltest du mich nicht in ein Krankenhaus bringen?"

„Gestaltwandler brauchen kein Krankenhaus." Ohne nachzudenken, sprach er die Worte.

Weit riss sie die Augen auf. „Gestaltwandler?", flüsterte sie. Der Geruch nach Adrenalin breitete sich im Fahrzeug aus.

Mit den Fingern fuhr er durch seine Haare. *Idiot.* Er musste behutsamer sein, subtiler. Sie hatte keine Ahnung, was sie nun war. Sie wusste nicht, wie sehr sich ihr Weltbild verändern würde. „Alles ist okay. Das verspreche ich dir. Lass uns reingehen, damit ich dir die Sache erklären kann."

Sie blinzelte ihn an, als würde sie ihm gerne glauben und richtete den Blick dann aus dem Fenster. „Wo sind wir?"

„Das ist mein Haus. Hier kannst du dich in Ruhe duschen. Wenn du fertig bist, beantworte ich alle deine Fragen."

Ihre Augenbrauen zogen sich misstrauisch zusammen. „Wieso hast du mich nicht zu meinem Haus gefahren?"

„Hier kann ich dich besser beschützen." Er ließ den Befehlston seines Alphas in seine Worte einfließen. Seine Hoffnung bestand darin, ihr zu versichern, dass sie mit ihm nichts zu befürchten hatte. Gleichzeitig wollte er damit erreichen, dass sie ihm widerspruchslos gehorchte. Üblicherweise benutzte er diesen angeborenen Ton nicht, da es andere Wandler verwirrte und sie annahmen, dass er nach einem Rudel suchte. Kepler bevorzugte es, sein Dasein als einsamer Wolf zu verleben. Mit einer Gefährtin würde sich das natürlich ändern.

Er stieg aus, lief um den Jeep herum und öffnete ihr die Autotür. Zu spät entdeckte er den Chihuahua des Nachbarn, der wie gewöhnlich sein Geschäft auf Keplers Rasen erledigte. Seit drei Monaten ging das schon so. Der kleine Scheißer hatte einen Komplex und stand im Wettkampf mit dem großen Nachbarhund auch bekannt als Kepler. Der Chihuahua bellte los.

Geschmeidig und schneller, als er schauen konnte, verwandelte sich Ashlyn in einen atemberaubenden cremefarbenen Wolf mit einer bernsteinfarbenen Halskrause. Zähnefletschend rannte sie an ihm vorbei und direkt auf den winzigen Hund zu.

Kepler riss sie zu Boden, bevor sich ihre Zähne in den Chihuahua schlagen konnten.

Der Hund ergriff jaulend die Flucht.

Ashlyn befreite sich und drehte sich um. Dann hob ihr Wolf den Kopf und entließ ein Heulen, das mit Dominanz erfüllt war.

*Verdammt, sie ist ein Alpha.* Bis vor ein paar Stunden hatte sie nicht mal etwas von Gestaltwandlern gewusst und jetzt war sie auch noch ein Alpha. Schwer zu kontrollieren. Das Eis in seinen Venen formte sich zu Dolchen, die direkt auf sein Herz zusteuerten.

Auf seine Gefährtin kamen Probleme zu.

Auf sie beide.

Ashlyns gesamter Körper vibrierte durch die Nachwirkung des Heulens, ein Lied, das auf eine Weise bedeutungsvoll schien, die sie nicht verstand. Sie sah durch die Dunkelheit mit mehr als ihren Augen – die Luft roch aufgeladen und die Laute aus den Nachbarhäusern glitten wie Funken über ihre Sinne. Sie hatte nicht widerstehen können und musste die Fußhupe in die Schranken weisen. Sie hatte den Hund bestrafen und dominieren wollen.

Dann war Kepler gegen sie gekracht und hatte sie auf das Gras geworfen. In dem Moment hatte sie das Interesse am Töten verloren. Nun wollte sie etwas gänzlich anderes. Ähnlich unzivilisiert. Seine harten Muskeln, die sexy goldenen Augen und der

Waldgeruch, der ihm anhaftete, führten bei ihr zu dem Bedürfnis, jeden Millimeter seines Körpers mit der Zunge zu erkunden. Gute Güte! Sie wollte ihre Nase an seinem Intimbereich vergraben.

Kepler schüttelte den Kopf, als wäre ihm schwindelig und befahl: „Verwandle dich zurück."

Die Worte pulsierten mit Macht. Wie ein Gewicht legten sie sich auf ihre Schultern. Seine goldenen Tiefen glühten mit einem unnatürlichen Licht. Ein gewaltsames Bedürfnis, ihm zu beweisen, dass sie sich nicht unterwerfen ließ, erhob sich in ihrem Inneren und ihre Muskeln spannten sich in Vorbereitung auf einen Kampf an.

„Ich sagte: Verwandeln!", wiederholte Kepler, seine Stimme jetzt noch tiefer, unterlegt mit einem Ton, der bis in ihre Knochen vordrang.

Widerwillig gab ihr Biest auf und Ashlyn kehrte zu ihrer Menschengestalt zurück. Hockend auf dem kühlen Gras ließ sie die nächtliche Brise auf ihrer entblößten Haut erschauern. Wieder war sie nackt. Das Hemd von ihm lag in Fetzen auf dem Rasen. Komischerweise störte es sie nicht. Es fühlte sich … natürlich an. Sie blinzelte, starrte auf ihre Hände im Gras. Was zum Teufel passierte mit ihr?

Zu ihrer Überraschung ließ sich Kepler auf alle viere herunter und berührte mit seiner Nasenspitze die ihre. Trotz ihrer Verwirrung und der panischen Angst kam sie nicht umhin, zu erkennen, wie attraktiv er war. Stoppeln bedeckten seinen Kiefer und sie fragte sich, wie sich sein Gesicht zwischen ihren Schenkeln anfühlen würde. Sie leckte sich über die Lippen und hob den Kopf, um seinem Mund näher zu kommen.

Sein Atem wehte über ihr Gesicht. „Wir müssen reingehen."

Nebenan ging das Verandalicht an. Sie erstarrte, als sie sich an den Chihuahua erinnerte. „Habe ich den Hund verletzt?"

„Es ist alles gut. Komm." Er stand auf und zog sie mit sich.

Wie betäubt folgte sie ihm auf die Veranda. Er schirmte sie mit seinem Körper vor Blicken ab, während er die Tür aufschloss und sie in die kleine Küche mit einer Frühstücksecke zog.

Der Adrenalinrausch löste sich schnell auf und sie fing an, unkontrolliert zu zittern. Dieses eine Wort ... *Gestaltwandler*. Hätte sie sich nicht gerade ein zweites Mal verwandelt, würde sie seine Worte unter Ulk verbuchen. *Bin ich von einem Dämon besessen? Bin ich krank?* Sie wusste nicht, was sie von der Sache halten sollte.

Mit einer Hand auf der Arbeitsfläche holte sie tief Luft. Sie blinzelte und konzentrierte sich dann auf einen Eierkarton, der neben dem Spülbecken stand, in dem sich etwas Geschirr fand. Sie wollte nicht weinen, aber die Tränen kündigten sich an. *Schwächling.*

Kepler schlang einen Arm um ihre Taille und zog sie an sich. „Wenn du dich erstmal geduscht hast, wirst du dich besser fühlen."

Gott, er fühlte sich so gut an. So normal. Er führte sie durch das spärlich eingerichtete Wohnzimmer und zum Badezimmer mit veralteten Armaturen und einem Wäschekorb, der mit einem Berg dreckiger Wäsche gefüllt war. Ihre Haut roch nach Erbrochenem, Blut und Schweiß. Dennoch schaffte es sein Duft, dass ihr das Wasser im Mund zusammenlief. Sie sollte wirklich nicht an Sex denken. Wirklich nicht. Aber … mit diesem Geruch wurde er sicher ständig flachgelegt.

Als sie sich ihn mit einer anderen Frau vorstellte, reagierte ihr Biest mit einem Fauchen. Die Reaktion wollte aus ihr herausbrechen, jedoch schaffte sie es, sich zu kontrollieren. Kepler hatte ihr geholfen, das Tier in ihr zu beruhigen. Das bedeutete aber nicht, dass er das erneut bewerkstelligte. Dabei spielte es auch keine Rolle, wie verlockend er roch. Und mal ehrlich: Das Letzte, an was Kepler interessiert war, stellte eine Frau dar, die er gerade erst aus einem Müllcontainer gezogen hatte.

Er hob eine einzelne Socke vom Boden auf und warf sie in den Wäschekorb, bevor er den Deckel zuknallte. Dann lehnte er sich über den Rand der Badewanne und schaltete das Wasser am Duschkopf an. Mit einer Hand auf ihrem Rücken wies er sie sanft an, unter den Wasserstrahl zu treten.

Allein seine Berührung schaffte es, sie auf den Boden der Tatsachen zurückzuholen. Niemals wollte sie den Kontakt missen. Wie hypnotisiert starrte sie auf das Wasser.

Nachdem er einmal tief eingeatmet hatte, schlüpfte er aus seinen Schuhen, trat in die Badewanne und zog sie mit sich. „Alles ist gut. Ich bin bei dir."

Er schloss den Duschvorhang und ihr wurde bewusst, dass er nicht mal seine Hose ausgezogen hatte. Allerdings war er oberkörperfrei und seine

Haut an ihrer fühlte sich gut an. Beständig. *Menschlich.* Sie drehte sich zu ihm um, legte den Kopf in den Nacken und ließ das Wasser über ihre Haare und ihren Rücken fließen.

Er nahm eine Schampooflasche und massierte einen maskulin duftenden Schaum in ihre Haare. Seine Berührung war sanfter, als sie es erwartet hatte. Anschließend griff er nach der festen Seife, rieb sie zwischen seinen Händen und säuberte die Wunde an ihrer Schulter. Dann seifte er ihre Hände ein und kümmerte sich um jeden Finger mit besonderer Sorgfältigkeit.

Sie schloss die Augen. Sexuell waren seine Berührungen nicht unbedingt. Zusammen aber mit seinem Duft, der den begrenzten Bereich einnahm, fühlte sie, wie sich die Hitze zu der Stelle zwischen ihren Schenkeln ausbreitete. Seine Fingerspitzen entfernten Dreck von ihren Wangen und ihrem Kinn. Mit dem Daumen glitt er über ihre Unterlippe. Instinktiv öffnete sie den Mund und leckte mit der Zunge über seine nasse Haut.

Er entließ den Atem und ging ein wenig auf Abstand. „Erlaube nicht, dass dich der Wolf kontrolliert."

*Spricht er mit sich selbst?* Sie öffnete die Augen, wurde aber von ihm umgedreht. Seifige Handflächen fuhren über ihren Rücken bis zu ihrem Hintern. Seine Daumen betörten die Stelle direkt über ihrem Arsch und dann legte er die Finger auf ihre Hüften. Nach einer Weile folgte er der Kurve ihres Körpers nach unten über ihre Schenkel. Obwohl er darauf achtete, ihre erogenen Zonen zu meiden, schafften es seine Berührungen, Begierde in ihr loszutreten. Wenn sie ehrlich war, machte es das sogar noch schlimmer. Sie hatte keine Ahnung, was mit ihr los war. Sie hatte sich nicht mehr in der Gewalt. Und das Schlimmste: Es war ihr egal.

Beide Hände legte sie auf die Fliesenwand und streckte den Po nach hinten aus. Hinter ihr sog er scharf den Atem ein. Sie wartete, ihr Körper in Erwartung seiner Reaktion angespannt.

Langsam machten sich seine Hände wieder auf den Weg nach oben, an ihrem Hintern vorbei und zu ihrem Rücken. „Du machst es mir nicht einfach", hauchte er.

Ein primitives Bedürfnis, das sie nicht verstand, schoss durch ihren Körper wie ein Blitz. Sie nahm einen Schritt auf ihn zu und rieb ihren Hintern an seinem Schritt. Die beeindruckende Länge seiner

Erektion pulsierte hinter seiner Hose. Sie stöhnte. Gott, er fühlte sich riesig an. Riesig und bereit. Mit einer Hand fand sie ihre feuchten Schamlippen. Ohne Probleme glitt sie durch ihre Spalte, umkreiste ihre empfindliche Klitoris. Im Rhythmus zu ihren Fingern rieb sie sich an ihm.

Ein tiefes Stöhnen entrang ihm und seine Finger gruben sich in ihre Hüften. „Hör auf."

„Ich brauche dich." Hatte sie das gerade wirklich gesagt? Sie hatte ihn von Beginn an anziehend gefunden. Seit er das erste Mal einen Fuß in die Bäckerei gesetzt hatte. Normalerweise war sie nicht so schamlos. Nach den letzten Stunden überraschte sie jedoch nichts mehr. Wie er gegen sie gekracht war und sie zu Boden gerissen hatte, spielte sich allerdings noch immer in ihrem Kopf ab.

Er lehnte sich vor, seine harten Bauchmuskeln pressten sich an ihren Rücken, und er umfasste ihre Brüste. Sofort richteten sich ihre Nippel auf. Sie verstärkte ihre Bemühungen zwischen ihren Schenkeln und der Druck in ihr baute sich auf. Sie wusste aber, dass die Berührung von ihr allein nicht ausreichen würde. Sie wollte gefüllt werden. Sie brauchte Kepler.

In seinen Armen drehte sie sich zu ihm und streckte die Hände nach seinem Gürtel aus. Das Wasser machte es ihr nicht gerade einfach, ihn auszuziehen. Sie war nur mit wenigen Männer intim geworden und keiner von ihnen hatte einen Eightpack gehabt. Die Beule in seiner Hose wies darauf hin, dass seine Erektion passend zu seiner Körpergröße ausfiel. Er umfasste ihre Handgelenke und hob ihre Hände in seinen Nacken. Mit der Stirn an ihrer fing er ihren Blick ein. Das goldene Glühen in seinen Tiefen sprach von Begierde. In einem heiseren und kaum kontrollierbaren Ton flüsterte er: „Mach ein wenig langsamer. Du weißt nicht, welche Bedeutung es haben würde."

Sie konnte es sich nicht erklären, aber am liebsten würde sie weinen. Die Einsamkeit, die sie seit ihrem Umzug nach Kenai gefühlt hatte, war vollkommen verschwunden, und sie hatte das Gefühl, dass sie nie wieder einsam sein würde. Dieser Moment war von Bedeutung. Sie fühlte sich ihm verbunden. Sie drehte den Kopf, bis ihre Lippen über seine glitten. „Ich will dich."

Kepler atmete tief ein und seine Brust blähte sich an ihren nackten Brüsten auf. Seine Hände landeten auf ihren Hüften. Er lehnte sich vor und akzeptierte den

Kuss, den sie ihm anbot. Sie legte eine ihrer Hände auf seine Wange, seine Stoppeln rau an ihrer Handfläche, als sie einander mit den Lippen erkundeten. Gott, er konnte küssen, fand die Balance zwischen sanft und dominierend. Im Vergleich zu ihm fühlte sie sich unbeholfen. Sanft saugte er an ihrer Oberlippe, während er sie gegen die Fliesenwand presste.

Sie hob ihr rechtes Bein und legte es um seine Hüfte. Augenblicklich drückte er seine beeindruckende Beule gegen ihre gierige Mitte. Sie stöhnte an seinem Mund. Kepler stieß mit der Zunge zwischen ihre Lippen und an ihren Zähnen vorbei. Ashlyn schnappte nach Luft, neigte den Kopf und akzeptierte seine Invasion. Seine Zunge drang tiefer und härter vor und erinnerte an den Rhythmus, den er mit seinem Becken vorlegte. Er presste sie mit seinem gesamten Körpergewicht gegen die Fliesenwand und küsste sie, bis sie den Verstand verlor und seine erotischen Bewegungen ihre Organe zum Schmelzen brachten.

Seine Hand glitt zwischen ihre Beine. Als er ihre feuchte Hitze fand, drückte er das Gesicht an ihren Hals und knabberte auf eine Weise an ihrem Kiefer, die ihr ein Stöhnen entlockte.

Sie presste sich an ihn und packte seine breiten Schultern mit beiden Händen. Seine Finger glitten durch ihre Nässe und sie wimmerte. Ein Finger schob sich in sie und die Wände ihres Geschlechts zogen sich um ihn zusammen. Er knurrte und saugte hart an ihrem Hals. Mit Sicherheit würde an dieser Stelle ein Knutschfleck entstehen. Der Gedanke gefiel ihr.

Sie krallte sich an ihm fest, während er sie mit seinen Fingern verwöhnte und sie auf einen Orgasmus zutrieb. Nicht mehr lange. Sie war der Erlösung frustrierend nah. Aber sie brauchte mehr. Wieder streckte sie die Hände nach seinem Gürtel aus. „Ich will dich in mir spüren."

Dieses Mal stoppte er sie nicht. Er lehnte sich weit genug zurück, sodass sie seinen Gürtel öffnen konnte. In der Zwischenzeit stieß er weiterhin mit den Fingern in ihre Pussy – in einem Rhythmus, der ihr den Atem raubte. Als sie es endlich geschafft hatte, seinen Schwanz zu befreien, konnte sie sich kaum noch auf den Beinen halten. Trotz allem war sie entschlossen, seine Länge in sich aufzunehmen. Bis zum Anschlag. Sie wickelte die Finger um seinen Schaft und führte die Eichel zu ihrem Eingang. Er war riesig, dick und so einladend warm.

Kepler entließ einen resignierten Seufzer und sie hob den Blick zu seinem. Das Glühen in seinen Tiefen erinnerte an einen Schmelzofen und die Flammen standen kurz davor, sie zu verschlingen. Er fletschte die Zähne und presste heraus: „Ich kann nicht aufhören."

„Das will ich auch nicht."

Eine große Hand strich über ihre Schenkelrückseite. Er hob sie höher und sie verschränkte beide Beine hinter seinem Rücken. Begleitet von einem Knurren drang er in sie. Sein Schwanz füllte sie, dehnte sie. Es grenzte an Schmerz und fühlte sich doch einfach perfekt an. Endlich war er in ihr. Mit dem Rücken drückte er sie gegen die Wand und hielt tief in ihr vergraben für einen Moment inne. Sie stieß ihre Fingernägel in seine Schultern, um ihn anzutreiben. Sie konnte die Ekstase eines herannahenden Orgasmus regelrecht schmecken. Sie warf den Kopf in den Nacken und stöhnte: „Beweg dich. Bitte!"

Er kam ihrem Wunsch nach, zog sich langsam aus ihr zurück. Gleichzeitig wanderte sein Griff zu ihrem Arsch und er presste seinen Oberkörper gegen ihren. Es folgte ein Kuss. Seine Zunge drang im Einklang mit seinem nächsten Stoß in ihren Mund.

Fester und fester legte sie die Beine um ihn und zog ihn damit an sich. Sein nächster Stoß war härter. Schneller. Entschlossener. Dann hämmerte er in sie, sein Mund bahnte sich einen Weg über ihre Kehle, seine Stoppeln rau an ihrer empfindlichen Haut, als er sie knabbernd und saugend erkundete. Mit den Schulterblättern presste sie sich gegen die Wand, als der stetig anwachsende Druck in ihr seinen Höhepunkt erreichte.

Sie explodierte mit einer schockierenden Intensität und schrie seinen Namen, bebte in seinen Armen, während ihre Pussy seinen Schwanz massierte. Ein weiteres Mal drang er tief in sie und füllte sie mit seinem warmen Saft. Ihre Nachbeben hätten beinahe dafür gesorgt, dass sie das Bewusstsein verlor. Der Gedanke verflog, als sie durch den Lustnebel spürte, dass sich seine Zähne an ihre Schulter legten.

Sie dachte an andere Zähne. An den Biss, den sie erst vor ein paar Stunden erfahren hatte. Keplers Zähne jedoch machten ihr keine Angst. Ganz im Gegenteil. Mit ihm fühlte sie sich sicher und beschützt. Sie wollte – brauchte – seinen Biss. Eine Hand legte sie auf seinen Hinterkopf und zog ihn näher an sich. „Tu es."

Kepler spannte den Kiefer an, sodass seine Zähne verdammt nah dran waren, ihre Haut zu durchstoßen. Es tat weh, und genau das wollte sie. Sie wollte, dass er die furchtbare Erfahrung in der Gasse mit einer besseren ersetzte. „Bitte, Kepler!"

„Nein", hauchte er. Lauter wiederholte er das Wort: „Nein!"

So plötzlich wie ein erfrischendes Sommergewitter ging er von ihr auf Abstand.

So plötzlich, dass sie stolperte und erst einmal ihr Gleichgewicht finden musste. In dieser Zeit hatte Kepler den Rückzug angetreten und presste sich hinter dem Waschbecken in eine Ecke. Seine Gesichtszüge lösten sich immer wieder zu einem Funkenregen auf.

„Nein! Nicht!", brüllte er. Im gleichen Atemzug senkte sich seine Stimme zu einem tiefen Heulen.

4

Zum ersten Mal in Jahren verlor Kepler die Kontrolle über seinen Wolf. Ashlyn wich die Farbe aus dem Gesicht, als er sich verwandelte. Sie presste sich angsterfüllt gegen die Wand und packte den Duschvorhang. Das Plastik löste sich von den Haken, sodass Ashlyn auf den Boden der Badewanne krachte.

*Ich hätte mich auf ihre Annäherungsversuche nicht einlassen dürfen. Ich hätte die Kontrolle über die Begierden meines Wolfes nicht verlieren dürfen.* Aber Ashlyn war so verdammt heiß, so willig und feucht. Er hatte sich geschworen, nur so weit zu gehen, um ihr Befriedigung zu verschaffen. Sein Wolf jedoch verlangte nach mehr. Er wollte sie für sich beanspruchen und damit die Wunde auslöschen, die der Bastard auf ihrer Haut hinterlassen hatte. Er wollte sie als seine Gefährtin an sich binden. Vielleicht hätte er sie sofort zum Rudel bringen und nicht versuchen sollen, sie allein zu beschützen. Die Situation war zu persönlich für ihn geworden, um noch objektiv zu bleiben. Jedoch konnte er sich nur auf einen Gedanken konzentrieren: *Sie gehört mir. Mein. Mir allein!*

Das Wasser aus dem Duschkopf rieselte weiterhin auf Ashlyn und sammelte sich auf dem Linoleum vor der Badewanne. Um ihre wunderschöne, bernsteinfarbene Haut funkelte die Wandlermagie.

*Nicht verwandeln, nicht verwandeln,* flehte er sie im Geiste an. Seine Wolfsohren zuckten und seine Zunge rollte in Erwartung heraus. Wenn sich Ashlyn verwandelte, würden sie wahrscheinlich beide die Kontrolle über ihre Tiergestalt verlieren, in einem Rausch durch die Straßen rennen und Chihuahuas jagen. Seinem Wolf gefiel die Idee. Kepler biss sich auf die Zunge und schmeckte Blut. *Keine gute Idee,* tadelte er seinen Wolf in der Hoffnung, dass die mögliche Gefahr, der seine neue Gefährtin dadurch ausgesetzt wäre, sein Biest in die Schranken verwies. Sie war nicht nur ein neuer Gestaltwandler – was ohnehin unmöglich sein sollte, da sie nicht die

Quelle besucht hatte –, sondern hatte auch bewiesen, dass sie dazu fähig war, zu töten. Wer wusste schon, ob sie es nicht erneut tun würde.

Ashlyn trat und boxte um sich, kämpfte mit dem Duschvorhang und schien zu verlieren. Ihre Wölfin musste sie in dem Versuch, die Freiheit zu erlangen, innerlich zerfetzen. Er erinnerte sich an die Widerspenstigkeit seines Tieres während der Pubertät. In der Zeit hatte sein Wolf stets das Bedürfnis nach einem Kampf gehabt, um seine Dominanz zu festigen. Eine natürliche Ordnung, denn jedes Tier suchte unter seinen Artgenossen nach seiner Stellung im Rudel. Auch er selbst war ein Alpha. An sich hätte er sich von seinem Rudel abwenden und ein neues formen können. Er hatte sich dafür entschieden, seinen Wolf im Zaum zu halten und sich gezwungen, sich zu benehmen. *Bis heute.*

Wie sollte er Ashlyn das nötige Selbstbewusstsein geben, wenn er als langjähriger Wandler seinen Wolf nicht unter Kontrolle hatte?

Ihre eisblauen Augen blitzten auf und er erhaschte einen Blick auf ihren cremefarbenen Wolf, das Fell von dem Wasser nun ein helles Braun. Es dauerte nicht lange, bis sie zu ihrer Menschengestalt zurückkehrte. Ihre Zähne waren fest aufeinandergepresst, die Fingerknöchel an ihren Händen weiß, da sie sich verzweifelt an den Duschvorhang klammerte, während die Magie sie weiterhin umhüllte.

Er platzte regelrecht vor Stolz. Ihre Wölfin war ein Alphatier. Wie es schien, war ihre menschliche Seite nicht weniger beeindruckend. Das Bedürfnis, sie an sich zu binden, verstärkte sich und er nahm einen Schritt auf sie zu. *Sie wird uns starke Welpen gebären.*

Recht früh hatte Kepler erkannt, dass sein Wolf es liebte, in den Wettkampf zu treten. Nun war ein guter Moment diese Schwäche auszunutzen. *Ihre Kontrolle über sich lässt uns schwach wirken, Wolf. So kannst du nicht erwarten, dass sie uns als Gefährten akzeptiert.* Sein Wolf stoppte und ließ sich die Worte durch den Kopf gehen. *Wir müssen ihr beweisen, dass wir es wert sind, den Rest des Lebens mit ihr zu verbringen.* Langsam und an Schmerz grenzend gewann Kepler die Kontrolle über sein Biest zurück. Er konzentrierte sich auf die menschlichen Gliedmaßen, bis er nackt in der Pfütze auf dem Linoleum hockte.

Ashlyn starrte ihn mit weit aufgerissenen Augen an. Ihre pinken und blauen Haare klebten an ihrer Haut und ihre Schultern bebten. Weinte sie? War es ein Lachen? Er konnte es nicht mit Sicherheit sagen, aber der Begriff hysterisch passte wohl ganz gut.

Er zog ein Handtuch aus dem Wäschekorb und wickelte es sich um seine Hüfte, bevor er sich ihr näherte. Die Überreste seiner Hose lagen in Fetzen auf dem nassen Boden. Er legte beide Hände auf ihre Wangen und sah ihr tief in die Augen. „Das hast du gut gemacht. Du hast sie kontrolliert."

Ihre nächsten Worte kamen als ein Quietschen heraus: „Du bist auch einer."

Kepler blinzelte überrascht. Er hatte angenommen, dass sie das wusste. Gleich zu Beginn hätte ihr Wolf sie darüber in Kenntnis setzen sollen. Allerdings war sie noch neu in dieser übernatürlichen Welt. „Das bin ich."

„Ich dachte immer, dass so etwas nur in Filmen passiert, in denen die Protagonisten oft mit schlechten Frisuren und Fangzähnen umherrennen." Ihre Stimme bebte.

Er konnte sich einem Grinsen nicht erwehren. *Sinn für Humor, obwohl sie sich in einer Stresssituation befand.* Sie war stark. „Ich denke, dass wir heißer sind als die Gestaltwandler in den Filmen. Natürlich enthalten auch diese Mythen immer einen Funken Wahrheit." Er hob den Arm, machte das Wasser aus und zog ein sauberes Handtuch von der Befestigung an der Wand, um es ihr um den Körper zu wickeln. „Deine Wölfin ist sehr stark, Ashlyn. Stärker als die meisten. In unserer Welt nennen wir das einen Alpha. Du wirst es nicht einfach haben, sie zu kontrollieren."

Ashlyn legte einen Arm über das Handtuch, befreite sich von dem Duschvorhang und stand auf. „Das kann nicht echt sein. Bestimmt wache ich morgen mit einem Monsterkater auf." Sie schluckte ein hysterisches Lachen herunter. „Wo sind meine Klamotten?"

*Sie denkt, dass sie halluziniert.* „Es ist echt. Und deine Klamotten liegen in Fetzen in der Seitengasse."

Sie zog die Augenbrauen zusammen und starrte auf seine ruinierte Hose. Ihre Brust hob und senkte sich mit ihren hektischen Atemzügen und die Hand, die ihr Handtuch an Ort und Stelle hielt, spannte sich an. Wenige Sekunden später drückte sie die Schultern durch und marschierte auf dem Weg zur Tür an ihm vorbei. „Ich gehe jetzt nachhause."

Sofort streckte er den Arm aus, um ihren Abgang zu stoppen. Vor ein paar Minuten hatte sie eine beeindruckende Kontrolle über ihr Tier zur Schau gestellt. Das bedeutete aber nicht, dass sie für die Menschenwelt bereit war. Es gab Millionen von Triggern, von Chihuahuas und anderen Wandlern ganz zu schweigen. „Du kannst nicht gehen, bis wir herausgefunden haben, wie das passieren konnte. Zudem müssen wir sicherstellen, dass du deine Wölfin in jeder erdenklichen Situation unter Kontrolle hast."

Ihr Alpha zeigte sich, indem ihre Augen blau aufblitzten. „Du kannst mir nicht vorschreiben, was ich zu tun und zu lassen habe. Ich muss betrunken sein. Ich habe die Kontrolle über meinen Verstand verloren!"

„Du bist nicht betrunken, Ashlyn. Und das hier ist auch kein Traum." Er zerrte sie vor den Spiegel über dem Waschbecken, presste sich mit der Vorderseite gegen ihren Rücken, sodass sie nicht mehr vor der Wahrheit fliehen konnte. Sie wehrte sich, zappelte in seinen Armen, als er mit einem Finger auf den Spiegel zeigte. „Sieh dir dein Spiegelbild an."

Im Spiegel fand sie seinen Blick. Dann wanderten ihre Augen zu dem Biss an ihrer Schulter. Die

Wunde war kaum noch zu sehen und sie zeichnete mit der Fingerspitze über die Stelle in der Form einer Sichel. Verwirrt zog sie die Augenbrauen zusammen.

„Gestaltwandler heilen schneller als Menschen", sagte er in ihr Ohr. „Und jetzt schau dir selbst in die Augen."

Langsam hob sie den Kopf. Das Glühen in ihren Augen, das bewies, dass sie eine Alphawölfin in sich trug, war offensichtlich und sollte sie daran erinnern, dass das Tier stets unter der Oberfläche lauerte. Ashlyn erstarrte, ihre Haut erhitzte sich unter seinen Händen. *Sie wird sich verwandeln.*

„Nein." Kepler drehte sie zu sich. „Erlaube nicht, dass sie dich kontrolliert."

Sie bebte und fletschte ihre Zähne. Das Glühen in ihren Augen ließ nach. Tief atmete sie ein und löste sich dann aus seinem Griff. „Ich habe den Mann getötet, oder?"

„Er hat *dich* angegriffen." Bei dem Gedanken ballte er die Hände zu Fäusten. Geboren aus Gewalt würde seine Gefährtin für immer Narben mit sich führen, die im Gegensatz zu der Wunde auf ihrer Schulter nicht auf den ersten Blick zu erkennen waren. Er hasste es, dass ihr dieses Schicksal auferlegt wurde. „Der Wandler war ein Abtrünniger. Er hatte seinen Verstand verloren. Deine Wölfin hat in Notwehr gehandelt."

Sie schluckte schwer. „Was nun?"

Er zögerte, denn er wusste es nicht. Die Ratsmitglieder sollten informiert werden. Ashlyn war kein Wandler. Sie sollte keiner sein. *Seine Artgenossen werden sie wegsperren und Experimente an ihr vornehmen. Oder sie sofort töten.* Bei dem Gedanken entließ er ein tiefes Knurren. Als er sah, wie sie von ihm auf Abstand ging, unterdrückte er die Reaktion auf der Stelle.

Er nahm einen Schritt zurück, um ihr etwas Raum zu geben, und atmete durch seine Nase ein, bändigte allmählich die Instinkte seines Wolfes. Ashlyn hatte kein Rudel, keine Familie, war an niemanden außer ihn gebunden. *Meine Gefährtin.* Gefährtin. Sie wusste wahrscheinlich nicht mal, was dieses Wort bedeutete. Bei Menschen verhielt sich die Partnersuche gänzlich anders. „Ich werde dich beschützen."

Ein höhnisches Lachen brach aus ihr heraus. „Vor was? Bisher scheint mein Wolf die Beschützersache recht gut allein zu bewältigen."

„Ich bin den Abtrünnigen seit zwei Jahren auf der Spur, und dies ist das erste Mal, dass etwas Derartiges passiert ist. Ich kann mir nicht erklären, wieso du jetzt plötzlich ein Gestaltwandler bist."

„Ich wurde gebissen, erinnerst du dich?"

Er schüttelte den Kopf. „Entgegen der allgemeinen Auffassung kann ein Biss niemanden zu einem Gestaltwandler machen. Entweder wirst du mit einem Tier geboren oder du musst von der Quelle trinken."

„Oh. Hat mir vielleicht jemand von der Quelle etwas in den Drink geschüttet?"

„Nein, das ist nicht möglich. Die Magie funktioniert nur in der Gletscherhöhle. Und die Höhle öffnet sich ausschließlich, wenn sie das für richtig hält. Ich bin mir nicht mal sicher, dass die Höhle ohne das Polarlicht zu finden ist."

„Es ist also kein Virus. Es ist Magie." Sie drehte sich wieder dem Spiegel zu und ließ den Blick über sich schweifen. „Können wir den Fluch brechen?"

Sein Herz rutschte ihm in die Hose. Sie hatte es als Fluch bezeichnet. Sie wollte ihre Wölfin nicht. *Natürlich nicht.* Kehrte sie allerdings zu ihrem Menschenleben zurück, was sollte dann aus ihm werden? Gestaltwandlern wurde nur ein vom Schicksal bestimmter Partner zugeordnet. Andererseits wollte er nicht, dass sie ein Leben lebte, an dem sie kein Interesse hatte. Er schluckte seinen Egoismus herunter und zuckte mit den Achseln. „Wenn es ein Zauber ist, dann kann er vielleicht umgekehrt werden. Kennst du eine Hexe?"

Mit weit aufgerissenen Augen starrte sie ihn im Spiegel an. „Hexen gibt es auch?"

Er nickte mit finsterer Miene. „Genau wie Vampire, Drachen, Meerjungfrauen und Gargoyles – die meisten Mythen sind in der einen oder anderen Form wahr."

Ihre Atmung war flach und für einen kurzen Moment fand sie seinen Blick. Dann entfernte sie sich vom Waschbecken, griff nach einem schwarzen T-Shirt vom Wäschekorb und zog es sich mit einer Hand über den Kopf. Das T-Shirt reichte bis auf ihre Knie und schließlich ließ sie das Handtuch fallen. „Ich muss nachhause."

Verdammt. Das Einzige, an was er gerade denken konnte, war es, ihr das T-Shirt über den Kopf zu reißen und sie in seinen Armen ins Schlafzimmer zu tragen. Jetzt war allerdings nicht der richtige Zeitpunkt, seinen Wunsch nach einer Gefährtin auszuleben. Sobald sie das Geheimnis gelüftet hatten, wie sie zu einem Wandler hatte werden können, würde er das Thema ansprechen. „Du musst bei mir bleiben, bis wir herausfinden, was genau mit dir passiert ist. Wenn deine Wölfin herausbricht, wird das ansässige Rudel keine Fragen stellen und dich die Situation erklären lassen. Sie werden dich sofort umbringen."

„Das … Rudel? Meinst du damit ein … Wolfsrudel? Gibt es viele von euch?"

Er zwang sich zu einem Lächeln. „Ein paar", antwortete er. Seine Gedanken waren bei den verschiedenen Rudeln, die sich in ganz Alaska verteilten. Er gehörte keinem von ihnen an, aber er hatte noch nie als Mitläufer gegolten. Sein Alphawolf erschwerte dies und für den Moment hatte er kein Interesse daran, ein eigenes Rudel zu formen. Das würde es schwieriger machen, seinen Job auszuüben. Zudem gefiel ihm sein Leben als einsamer Wolf. „Da du jetzt ein Wandler bist, gibt es viel zu lernen.“

Sie presste die Lippen fest aufeinander und schüttelte den Kopf. „Ich muss wirklich nachhause. Ich habe eine Katze, die gefüttert werden möchte.“

„Du hast eine Katze?“ Es war nicht ungewöhnlich für Gestaltwandler, sich Haustiere zu halten. Eine Alphawölfin mit einer Katze war jedoch eine interessante Kombination.

Ashlyn erblasste. „Oh, mein Gott! Wird mein Wolf versuchen, Mr. Miau zu verletzen?“

Er legte eine Hand auf ihre Schulter. „Deinen Wolf wird es nicht stören. Es bleibt abzuwarten, wie die Reaktion deines Katers ausfällt.“

„Mr. Miau ist seit meiner Highschoolzeit bei mir.“

„Ich werde dir eine Jogginghose von mir geben und dann fahren wir gemeinsam zu deiner Wohnung. Auf die Weise kann ich sicherstellen, dass du deiner Katze nichts antust.“

5

Die Hexe saß neben dem DJ-Pult versteckt in der Ecke. Ihr Schattenzauber machte sie unsichtbar, als die Polizei den Club leerte. Sie musste den Körper in der Gasse nicht sehen, um zu erfahren, wer es war. Sie hatte den Tod des Wandlers zu verantworten – genau wie auch die anderen. Warum vertraute sie darauf, dass sich die Dinge zum Guten wandten? Ihr alter Zirkelführer schien recht zu behalten. Sie war der Sache nicht gewachsen und jedes Mal, wenn sie etwas Neues probierte, sank sie tiefer. Das gesamte Projekt war dem Untergang geweiht gewesen, seit sie ihren tierischen Vertrauten nach Arizona geschickt hatte, wo den Gerüchten zu folge ein Höllenschlund zu finden war.

Nicht sicher, wie ihre nächsten Schritte ausfallen sollten, starrte sie in die halb leere Bierflasche, die jemand zurückgelassen hatte. Sie war in der Lage, den Aghationer zu beschwören, indem sie ein gewöhnliches Glasgefäß nutzte. Ein Teil von ihr war froh, ihn in dem Malzgetränk zu sehen. Im Gegensatz zu seinen Cousins, den Djinns, die auf die Erde kamen, um sich von den Seelen glückloser Menschen zu ernähren, konnte ein Aghationer in dieser Welt keine Form annehmen und galt daher als harmlos.

Bei diesem Exemplar war das nicht so.

In diesem Augenblick hielt das kleine Wesen ihren tierischen Vertrauten mit einer Hand fest, während es mit der anderen durch das rostbraune Fell unter den Augen des Frettchens strich. *Oder sollte ich Auge sagen?* Das Monster hatte Hamilton einen Augapfel herausgerissen, als sich die Hexe das letzte Mal geweigert hatte, seinen Befehl zu befolgen. Ihr Vertrauter saß wegen ihr in der Falle und sie würde alles tun, um ihn aus den Fängen dieses Dings zu befreien.

Sie betete, dass das Monster ihren Hamilton als Strafe für das Desaster heute Abend nicht bestrafen würde. Ihr Zauber hatte dieses Mal nur ein paar

Stunden angehalten. Zischend flüsterte sie: „Du hast mir versprochen, den Wirt am Leben zu lassen."

„Meine Liebe, du machst dir zu viele Sorgen." Seine Haut funkelte violett. „Dies war ein wundervoller Abend. Viel besser, als ich erwartet habe."

Bei seinem hochmütigen Verhalten vermischte sich in ihr ein ungutes Gefühl mit Erleichterung, da er den Eindruck erweckte, dass er mit ihrer Arbeit zufrieden war. „Bedeutet das, dass du Hamilton gehen lässt?"

Er neigte den Kopf. „Du dummes Ding." Seine glühenden Augen machten ihr Angst. Es fühlte sich an, als könnte er sie damit sogar aus der Ferne ausschalten. „Wir sind noch nicht fertig miteinander. Ich will, dass du einen neugeborenen Wandler findest."

Ihr Blut gefror zu Eis. Einen Erwachsenen zu verhexen, war schlimm genug, und jetzt wollte er, dass sie das einem Baby antat? Auf keinen Fall. „Bei Babys ziehe ich die Grenze, du Monster."

Sie suchte den Augenkontakt mit Hamilton und schluckte an dem Kloß in ihrem Hals vorbei. Die mentale Verbindung, die sie mit ihrem Vertrauten eigentlich hatte, wurde durch die Magie des

Agathioners gestört. Jedoch wusste sie, dass ihre Entscheidung bei Hamilton Zuspruch fand, obwohl dies seinen Tod nach sich ziehen würde.

Der Agathioner lachte, seine Lache so bedrohlich wie der Ausdruck auf seinem Gesicht. „Kein Kind, sondern eine erwachsene Person, die sich zum ersten Mal verwandelt hat. Die Wandlerin, die ich in der Gasse kreiert habe. Sie ist der Schlüssel."

Die Hexe starrte in die Flasche. Der Agathioner wollte sich einen Menschenkörper einverleiben, auf eine Weise, die den Gestaltwandlern ähnelte. Das bedeutete, dass er dann wie ein Djinn sein Unwesen treiben könnte. Als er diesen Wunsch vor ihr ausgebreitet hatte, war sie kaum merklich zusammengezuckt. Schließlich gab es schon einige Djinns, die auf der Erde wandelten. Einer mehr oder weniger – das machte ja keinen großen Unterschied, oder? Obwohl sich ihre Hexenkunst mittlerweile verbessert hatte, ging die wachsende Anzahl an Toten nicht spurlos an ihr vorbei. Die Schuldgefühle erdrückten sie.

„Du meintest bereits, dass dieser Gestaltwandler der Eine sei."

„Ich habe endlich das fehlende Element entdeckt. Dieses Mal wird der Zauber von Dauer sein.“

Sie kaute auf ihrer Lippe und überlegte, sich aus der Sache herauszunehmen. In dem Moment näherte sich das Monster mit den Fingern Hamiltons verbliebenem Auge, und sie ruckelte an der Flasche. „Na gut. Von Dauer oder nicht, das ist das letzte Mal. Ich werde es tun und du wirst Hamilton gehen lassen.“

Das Frettchen zappelte unter den langen Fingern des Agathioners. Das Monster presste sein Gesicht an die Schnurrhaare ihres tierischen Vertrauten. „Dabei haben wir uns doch so lieb gewonnen. Findest du nicht auch, Hamilton?“

Der buschige Schwanz ihres Vertrauten zuckte – die einzige Form der Unterstützung, die er schaffte. Egal, wie es ausgehen mochte – auch er wollte, dass es endlich ein Ende hatte.

„Ich meine es ernst“, betonte sie. „Nach diesem Auftrag sind wir fertig miteinander.“

Die Lippen des Monsters teilten sich zu einem bedrohlichen Grinsen. „Wenn du erfolgreich bist, brauch ich dich ohnehin nicht mehr. Und jetzt beeil dich und finde sie. Der Höllenschlund ist am aktivsten, wenn das Polarlicht zu sehen ist, und ich weiß nicht, wie lange das noch sein wird."

Sie stellte die Bierflasche auf den Tisch. „Ich will, dass du es sagst. Ich finde den Gestaltwandler für dich und dann lässt du Hamilton gehen."

„Finde sie, verzaubere sie und ich werde dein Haustier freilassen."

In ihrem Mund schmeckte sie Asche. Ihr Bauchgefühl sagte ihr, dass diese Sache kein gutes Ende nehmen würde. Trotz allem nickte sie. „Wo soll ich mit der Suche beginnen?"

6

Ashlyn beobachtete, wie Kepler durch eine Tür lief, die höchstwahrscheinlich zu seinem Schlafzimmer führte. Ein paar Minuten später kam er in einer Jeans und einem roten T-Shirt zurück, auf dem das Ladesymbol von Computern gedruckt war. Darunter stand geschrieben: *I'm thinking.* In der Hand hielt er eine graue Jogginghose und ein sauberes T-Shirt für sie.

„Danke." Ihre Hand streifte seine, als sie die Klamotten entgegennahm und wieder hatte sie das Bedürfnis, ihn zu beißen. Ihre Zähne gierten danach, sich in sein Fleisch zu sinken. Tief atmete sie ein. Dann schüttelte sie die schockierenden Gedanken ab. Wenn sie nicht gerade daran dachte, Kepler zu beißen, ging ihr durch den Kopf, wie gerne sie ihn erneut ficken würde. Sein Schwanz in ihr hatte sich großartig angefühlt. Die beste sexuelle Erfahrung ihres Lebens.

Sie schob ihre Beine in die Jogginghose, zog das Band um die Hüfte fest und krempelte die Hosenbeine um, sodass sie nicht stolperte. Niedergeschlagen tauschte sie das T-Shirt aus dem Wäschekorb gegen das neue aus. Das frisch gewaschene roch aber auch nach Kepler, und es war sein Duft, der sie besänftigte.

„Fertig", sagte sie.

Kepler fischte einen Schlüssel von dem Tisch im Eingangsbereich und führte sie dann zu seinem Jeep. Rückwärts fuhren sie von der Einfahrt. Nachdem sie ihm ihre Adresse verraten hatte, manövrierten sie schweigsam durch die dunklen Straßen. Sie starrte auf ihre Hände, als wäre sie fähig, durch die Haut die Pfoten des Wolfes zu sehen. *Das kann einfach nicht real sein.* Obwohl ihre Hände im Moment normal aussahen, wusste sie doch, dass das Biest in ihr schlummerte und darauf wartete, auszubrechen.

Vor ihrem Wohnkomplex parkte Kepler am Straßenrand. Er stieg aus und lief um den Jeep, um ihr die Tür zu öffnen. Ein Teil in ihr verspürte das

Bedürfnis, ihm für den wunderschönen Abend zu danken, da es sich verdächtig nach dem Ende eines Dates anfühlte. Seine Hand akzeptierend rutschte sie vom Sitz und landete auf dem Boden, der mal ein Rasen werden wollte, aber nur Unkraut produzierte. Der süßliche Geruch nach zerdrückten Pflanzen erinnerte sie an Kamille.

Sie führte ihn auf den rissigen Pfad, der zu beiden Seiten von riesigen Fichten flankiert war. Schließlich erreichten sie den ungesicherten Eingang. Im Inneren stoppte sie und hob den Blick zu ihrem Stockwerk. „Bist du dir sicher, dass ich Mr. Miau nicht wehtun werde?"

Liebevolle Besorgnis nahm Kepler die Härte aus den Gesichtszügen. Sein Ausdruck erweckte die Schmetterlinge in ihrem Bauch. Sanft legte er den Arm um sie. „Ich werde nicht zulassen, dass du deiner Katze wehtust." Seine grauen Augen wiesen nicht länger das Glühen auf, das eine Verwandlung ankündigte. Dennoch spürte sie die Wärme, die seine Tiefen abstrahlten. Die Luft zwischen ihnen verdichtete sich wie bei einem herannahenden Gewitter. Die Wölfin in ihr meldete sich zu Wort. *Beiß ihn. Markiere ihn.*

Am ganzen Körper bebend schüttelte sie seinen Arm ab und stieg die Stufen zu ihrer Wohnung empor. Erst an der Tür erinnerte sie sich, dass sie weder ihre Handtasche noch ihre Schlüssel bei sich hatte. Sie hatte nicht mal ihr Handy, um ihren Vermieter anzurufen. Nicht, dass sie wollte, dass Gerome sie so sah.

Keplers Präsenz wärmte sie von hinten. „Was ist?"

„Ich habe keinen Schlüssel."

„Ah." Er begutachtete das Schloss. „In meinem Berufsfeld lernt man so einiges. Lass mich mal versuchen."

In weniger als einer Minute hatte er die Tür geöffnet. „Du solltest wirklich dein Bolzenschloss benutzen."

Sie hörte nicht wirklich, was er sagte, als die vertrauten Gerüche aus ihrem Apartment an ihre Nase traten. Der Sandelholzduft von ihrem Aromadiffuser war am prägnantesten. Auch roch sie die überreifen Bananen aus der Küche und den beißenden Geruch von Mr. Miaus Katzenklo. Ihr betagter Kater war nicht zu sehen. Sie wusste jedoch, dass sein Lieblingsplätzchen neben der Heizung in ihrem Schlafzimmer war.

Beruhigt stellte sie fest, dass sie keinen Drang danach verspürte, ihr Haustier zu jagen und zu töten. Sie wusste nicht, was sie denken sollte. Auf der einen Seite weigerte sie sich, zu glauben, dass es stimmte, was er sagte. Andererseits fühlte sie das Tier in ihr und für den Moment schien es mit der Welt zufrieden zu sein.

„Mr. Miau?", rief sie und trat ein. Vorsichtig näherte sie sich dem Schlafzimmer.

Kepler folgte ihr auf den Schritt. Sie konnte es nicht oft genug sagen: Seine Anwesenheit besänftigte sie, und so öffnete sie die Schlafzimmertür. Mr. Miau lag nicht auf seinem üblichen Plätzchen, ihre Nase gab ihr jedoch den Hinweis, dass er in der Nähe war.

„Er ist unter dem Bett", sagte Kepler.

Hitze stieg in ihre Wangen, als sie sah, dass ihr lila Vibrator auf ihrer zerwühlten, weißen Bettdecke lag. Hatte Kepler das Sexspielzeug schon gesehen? Aus den Augenwinkeln sah sie zu ihm und ja, er schmunzelte. Verdammt. Dennoch entschied sie, den Vibrator mit der Bettdecke vor seinem Blick abzuschirmen, bevor sie sich vorlehnte und unter das Bett sah.

Ein schnurrbärtiges, oranges Gesicht sah von der Wand am Kopfende zu ihr. „Mr. Miau? Ich bin's. Komm raus."

Die Katze fauchte und presste sich verängstigt gegen die Wand. Ashlyns Herz brach. Normalerweise kam er immer sofort zu ihr. „Er weiß, dass ich mich verändert habe."

„Vielleicht kommt er raus, wenn du ihn fütterst?", schlug Kepler vor. „Ich weiß nicht viel über Katzen."

Einen Versuch war es wert. Ashlyn schob Kepler aus dem Schlafzimmer und in die Küche, wo sie eine Dose mit Katzenfutter öffnete. Bei dem Fischgeruch lief ihr das Wasser im Mund zusammen. *Eklig.* Sie musste aber sagen, dass sie bereits vor dem Besuch im Club hungrig gewesen war. Mittlerweile hatte sie das Gefühl, in ihrem Magen ein schwarzes Loch zu haben.

Sie füllte den Futternapf von Mr. Miau und wandte sich ihren nahezu leeren Küchenschränken zu. Nur fünf weitere Mojito-Cupcakes hatte sie noch, da sie nicht in die Schachtel für die Junggesellinnenparty gepasst hatten. Von einem entfernte sie das Papier und gönnte sich einen großen Biss. Dabei ignorierte sie die süße Haube, die nun um ihren Mund klebte.

Die nach Minze und Limone schmeckende Creme hatte nichts mit einem Mojito gemein und doch stopfte sie auch den Rest des Cupcakes in ihren Mund. „Ich bin am Verhungern", stöhnte sie.

Kepler runzelte die Stirn. „Tut mir leid. Ich hätte dir schon bei mir etwas zum Essen und Trinken anbieten sollen."

Auf der Türschwelle der Küche zeigte sich Mr. Miau. Wie erstarrt betrachtete er sie. Ashlyn lächelte bei dem vorwurfsvollen Blick, bevor er auf dem Weg zu seinem Napf an der Wand entlang strich. *Das nenne ich mal Fortschritt.* Sie machte ihm keine Vorwürfe und würde ihm alle Zeit geben, die er brauchte.

Sie ging zu dem Spülbecken und füllte die Kaffeemaschine mit Wasser, während sie es mied, zu Mr. Miau zu blicken. „Möchtest du einen Kaffee?" Als sie zu Kepler sah, bemerkte sie, dass er ihren Kater beobachtete. „Ich habe auch Tee und Kakao."

„Kaffee klingt gut, danke."

Es dauerte nicht lange, bis sich der Geruch nach Kaffee in der Küche ausbreitete. Mit den übrigen Cupcakes lief sie zu dem kleinen Tisch in der Ecke, der sich ganz in der Nähe zu Mr. Miaus Napf befand. Ihr Kater beäugte sie weiterhin misstrauisch, rannte aber nicht weg. Zittrig atmete sie aus, erleichtert, dass sich die Dinge normalisierten. Abgesehen von der Tatsache, dass sie jetzt ein übernatürliches Wesen war. Und dass ein sexy Wolfwandler neben ihr stand.

Auch Kepler hielt ihren Kater im Blick. Hoffentlich nicht, weil er hungrig war. Schließlich war er nun mal ein Wolf – so wie sie auch. Mit dem Ziel, ihn abzulenken, reichte sie ihm einen Cupcake. „Möchtest du einen?"

„Danke." Kepler nahm gegenüber von ihr Platz und akzeptierte die ansehnliche Köstlichkeit.

Ashlyn griff selbst nach einem und biss hinein, wieder ein großer Biss, denn sie war einfach zu hungrig und es war ihr egal, was er von ihr dachte. Vielleicht war ihr täglicher Bedarf an Essen als Wolf nun höher. Oh, so viel zu essen, wie sie wollte, wäre doch mal ein Anreiz.

Kepler löste das Förmchen und leckte mit der Zunge über das Frosting.

Sie stoppte mit dem Kauen, ihr Hunger vergessen, als sie sich vorstellte, wie diese Zunge – Keplers Zunge – über ihre Haut leckte. Ihre Nippel richteten sich unter ihrem T-Shirt auf und sie spürte, dass sie zwischen ihren Schenkeln feucht wurde. Sogar wie er mit den Fingern den Cupcake hielt, erregte sie und ließ sie nach seiner Berührung gieren. Fuck, sie konnte ihre eigene Erregung riechen. Dummerweise machte sie das nur noch heißer. Was war nur mit ihr los?

Sie schluckte ihren Bissen herunter. In dem Moment wurde ihr bewusst, dass sie ihren Cupcake verschlang, als wäre es Rotkäppchens Großmutter. Sie kicherte.

Kepler legte den Kopf auf die Seite und sie verlor sich in seinen Tiefen. „Was ist so lustig?"

„Ich dachte nur gerade an Rotkäppchen." Wieder fing sie an zu kichern und sie hatte das Gefühl, langsam den Verstand zu verlieren.

Verwirrt zog er die Augenbrauen zusammen. Dann schien er zu verstehen und gluckste, bevor auch er einen großen Biss von seinem Cupcake nahm. „Mmm."

Verdammt, er war sexy. Sie wollte ihm das Frosting von den Lippen lecken. Und auch von anderen Stellen …

Sie stellte den Rest ihres Cupcakes ab, gerade als die Kaffeemaschine einen Piep von sich gab. Sie wollte den Laut ignorieren, aber Kepler stand auf. Ihr Blick landete auf seinem knackigen Hintern, als er zwei Tassen mit Kaffee füllte. Ihre Hände zuckten mit dem Bedürfnis, seine Arschbacken zu packen. Sie musste viel Stärke aufbringen, um ihn nicht zu begrabschen.

Mit den Tassen kam er zum Tisch zurück, stellte einen Kaffee vor ihr ab und nahm wieder Platz. Bevor sie sich bedanken konnte, erhob er das Wort: „Also … Ich bin mir sicher, dass du einige Fragen hast."

Ihre Laune hatte sich direkt in den Keller aufgemacht und wurde von Kummer und Sorge ersetzt. Der ständige Wechsel zwischen den verschiedenen Emotionen und der Begierde erschöpfte sie. Tief atmete sie ein. „Du hast Hexen erwähnt. Wenn es sich dabei um einen Fluch handelt, heißt das, dass wir ihn brechen können?"

Stille breitete sich aus, als er über seine Antwort nachdachte. „Um ehrlich zu sein, weiß ich es nicht", sagte er. „Erzähl mir genau, was passiert ist. Jedes Detail könnte helfen."

Sie erzählte ihm von der Junggesellinnenfeier und dass ihr von dem Tequila übel wurde. „Zunächst dachte ich, dass der Türsteher nach mir sehen wollte. Aber nein. Plötzlich war überall Blut und der Mann? Tot.“

„Du bist ihm vorher noch nie begegnet?“

„Nein, ich glaube nicht. Natürlich kommen täglich viele Menschen in die Bäckerei. Ich kann mir nicht alle Gesichter merken, also ist es möglich.“

„Hat er etwas gesagt?“

„Oh, ja. Er hat sich bei mir bedankt.“ Sie erinnerte sich an die Dankbarkeit in seinem Ausdruck, bevor das Licht in seinen Augen erlosch. „Ich habe ihn getötet und er bedankt sich bei mir?“

Kepler runzelte die Stirn und seufzte. „Wenn einem Wandler etwas Traumatisches passiert, kann es passieren, dass das Tier den Verstand verliert. Wir nennen sie Abtrünnige. Sie werden gewalttätig, fanatisch und oftmals haben sie auch Selbstmordgedanken.“

„Wie schrecklich.“ Ashlyns Kehle schnürte sich zu.

Er nickte. „Abtrünnige Wandler sind selten. Generell. Vor zwei Jahren gab es jedoch einen unerklärlichen Anstieg an Fällen. Man kann sie nur davon abhalten, jemanden zu verletzen, indem man sie tötet. Mein Bruder hat einen Infizierten getötet, der seine Gefährtin angegriffen hat."

Etwas an der Art und Weise, in der er das Wort *Gefährtin* aussprach, erhitzte ihren gesamten Körper. Sie trank von ihrem Kaffee, um ihre glühenden Wangen zu verdecken.

„Ärzte haben die Möglichkeit einer Krankheit ausgeschlossen", fuhr er fort. „Das bedeutet, dass wir es höchstwahrscheinlich mit Zauberkraft zu tun haben. Bisher ist es uns allerdings noch nicht gelungen, die verantwortliche Hexe aufzuspüren. Zudem gibt es keine Berichte über eine Attacke, bei der ein neuer Gestaltwandler erschaffen wurde."

„Nicht einen?" Sie versuchte, sich daran zu erinnern, was er vor einiger Zeit über Gestaltwandler erzählt hatte. Entweder wurden sie geboren oder sie mussten von der Quelle in einem Gletscher trinken. „Bist du dir sicher, dass mir niemand etwas von diesem Quellwasser in den Drink gekippt hat?"

„Das wurde versucht, glaube mir." Er schüttelte den Kopf. „Das Wasser verliert seine magische Wirkung, wenn es aus der Höhle geschafft wird."

Bei der Erkenntnis, dass er ihr keine Lösungen anbieten konnte, schluckte sie schwer. *Ich bin jetzt ein verdammter Werwolf.* Was bedeutete das aber für sie? „Wenn wir es nicht rückgängig machen können, wenn ich nicht länger ein Mensch bin, ist es mir dann überhaupt möglich, in mein normales Leben zurückzukehren?"

Kepler nickte. „Es gibt eine Menge Wandler, die unter Menschen leben und arbeiten – inklusive mir. Es muss sich für dich nichts ändern, solange du deinen Wolf unter Kontrolle hast."

„Und wie stelle ich das an?" Mit beiden Händen umklammerte sie die Tasse und erlaubte, dass die heiße Keramik ihre Handflächen reizte. „Soll ich mich während des Vollmonds anketten?"

Er gluckste. „Die Sache mit dem Vollmond ist nur ein Mythos. Gestaltwandler können zu jeder Zeit ihre tierische Gestalt annehmen."

„Willst du mir damit sagen, dass ich mich ständig so fühlen muss?" Sie stöhnte und bedeckte mit einer Hand ihre Augen. „Ich habe gehofft, dass es wie die Periode ist oder so."

Dieses Mal lachte er laut los. „Tut mir leid, ich sollte nicht lachen. Dein Sinn für Humor ist allerdings wirklich bezaubernd." Sein Handy vibrierte und er griff in seine Tasche. Bei dem Blick auf den Bildschirm verzog er das Gesicht. „Da muss ich rangehen. Hey, Captain."

Obwohl Ashlyn die Stimme am anderen Ende hören konnte, war sie mit ihren eigenen Gedanken beschäftigt. *Er findet mich bezaubernd.* Die Wölfin in ihr war ganz zappelig. *Du magst ihn, oder?*, fragte Ashlyn. Die Wölfin wurde noch zappeliger. Das ergab Sinn, wenn sie so darüber nachdachte. Schließlich war Kepler der einzige Gestaltwandler, den sie kannte.

„Ich komme ins Büro." Kepler legte auf und sah sie entschuldigend an. „Wenn ich nicht sofort ein paar Berichte schreibe, werden Fragen aufkommen, die wir nicht beantworten wollen. Ich will dich aber nicht allein lassen."

Sie sah zu Mr. Miau, der seine rechte Vorderpfote mit langen Zungenschlägen säuberte. Wie es schien, hatte ein voller Magen ihn davon überzeugt, dass es keinen Grund gab, sich vor ihr zu fürchten. „Du kannst gehen. Ich denke, ich komme klar."

Kepler atmete tief ein und entließ die Luft, sein Blick auf ihrem haftend. Dann nickte er und stand auf. „Es ist wirklich kaum zu glauben, wie gut du die … ganze Sache handhabst." Sie errötete. „Du bist eine erstaunliche Frau, Ashlyn."

Mittlerweile war ihr Kopf feuerrot und sie lächelte. Gott, sie mochte ihn.

Er kam zu ihr, legte einen Finger unter ihr Kinn. „Aber bitte verlasse nicht das Apartment, okay?" Er klang besorgt. „Es gibt so viele Dinge, die deine Wölfin triggern können. Es würde mich beruhigen, wenn ich bei diesen Begebenheiten an deiner Seite bin, bis du dich an sie gewöhnt hast."

Sie umfasste sein Handgelenk. Ihr gefiel, dass er bei ihr bleiben wollte. „Wie lange wirst du weg sein?"

„Höchstens zwei Stunden." Er legte seine Hand auf ihre Wange. „Ich muss zum Büro in Soldotna. Ich werde mich beeilen." Er lehnte sich vor und küsste sie sanft.

Die federleichte Berührung schickte ein Feuer durch sie, das sich direkt auf den Weg zu ihrer Mitte machte. Sie musste sich zwingen, sein Handgelenk loszulassen, als er einen Schritt nach hinten ging. In seiner Abwesenheit würde sie aufräumen. Vor allem ihr Schlafzimmer und ihr Bett. Denn sie hatte Pläne für ihn, sobald er zurückkam.

Kepler fuhr schneller durch die leeren und dunklen Straßen, als er sollte. Es gefiel ihm nicht, Ashlyn allein zu lassen. Sie handhabte ihren Wolf recht gut, bedachte man, dass sie sich erst zweimal verwandelt hatte. Das bedeutete aber nicht, dass sie die volle Kontrolle über ihr Tier hatte. Was würde passieren, wenn sie einem anderen Wandler begegnete? Oder einem Vampir? Einer Wandlergemeinde in Fairbanks gehörte ein Reiseunternehmen, das sich speziell auf Blutsauger und ihre Liebe für lange, dunkle Winter spezialisiert hatte. Ihm war nicht entgangen, dass es immer mehr von ihnen wurden. Sogar hier im Süden von Alaska.

„Sie schafft das", murmelte er. Gleichzeitig trat er auf das Gas und nutzte die lange, gerade Straße aus, um

Strecke gut zu machen. Die Fahrt zum Büro dauerte nur vierzig Minuten, aber es fühlte sich an, als wäre er schon stundenlang unterwegs. Tage. Sein Wolf war schlecht gelaunt und machte deutlich, dass er nicht von seiner Gefährtin getrennt sein wollte. Hinzukam, dass er sie noch nicht für sich beansprucht hatte. *Möglich, dass das niemals passieren würde.* Der Gedanke gefiel seinem Wolf gar nicht. Ashlyn jedoch hatte ihm zu verstehen gegeben, dass sie wieder ein Mensch sein wollte. Die Wahrscheinlichkeit war also hoch, dass sie einen Gefährten ablehnen würde.

Er hatte nicht besonders gut erklärt, was es bedeutete, ein Gestaltwandler zu sein. Sie wusste von dem Tier in ihr. Sie wusste, dass sie schnell heilte. Dass sie Telepathie erlangen würde, wenn sie sich einem Rudel anschloss und sie mehrere hundert Jahre alt werden konnte, hatte er nicht erwähnt. War es überhaupt möglich, dass sie wieder zum Menschen wurde? Die Tiergestalt gehörte zu einem Wandler wie das Herz oder das Gehirn. Andererseits hatte Ashlyn ihr Tier nicht auf die normale Weise bekommen. Es konnte sein, dass ihr Zustand vorübergehend war.

Diese Situation war mehr, als er allein zu regeln vermochte. Trotz allem würde er sie nicht an das Rudel oder den Rat übergeben, denn sie war nicht irgendein Wandler. Er brauchte Hilfe von jemandem, der nicht nur Gestaltwandler verstand, sondern auch die Auswirkung von Magie. Er zog sein Handy heraus und gab mit seiner Stimme den Befehl, die Nummer seines Bruders zu wählen. Adrian antwortete nach dem zweiten Klingeln: „Hey, Kepler, wie läuft's bei deinem neuen Job?"

„Gut, gut. Ich würde gerne kurz mit Darcy sprechen. Ist sie in der Nähe?" Keplers Schwägerin war eine Hexe, was dem Rudel seiner Eltern missfiel. Nachdem sie sich aber für Adrian bei einer Verhandlung eingesetzt hatte, war es Kepler leicht gefallen, sie in der Familie willkommen zu heißen. Kepler zollte allen übernatürlichen Wesen Respekt.

„Sie bereitet gerade Frühstück für die Kleinen zu", verriet Adrian. „Warte kurz."

Eine Minute später sagte Darcy: „Hi, K-Kepler." Ihr Stottern war viel besser geworden, seit er ihr zum ersten Mal begegnet war. Wenn sie nicht sicher war, was sie zu erwarten hatte, zeigte sich die Sprechstörung allerdings. „Ist alles in Ordnung?"

„Sind dir Zaubersprüche bekannt, die einen Menschen in einen Gestaltwandler verwandeln können? Oder bei dem sie die Fähigkeiten der Wandler nachahmen können, selbst wenn es nur für eine kurze Zeit ist?"

„Hmm." Sie atmete tief ein und sprach mit Bedacht: „Wenn eine Hexe einen tierischen Vertrauten hat, kann sie mit ihm kommunizieren. Im Geiste. Manchmal kann sie auch durch die Augen des Tieres sehen. Meintest du das?"

„Nein, es geht um einen Menschen, der sich jetzt in ein Tier verwandeln kann."

„Es gibt Legenden über Hautwechsler – Hexen, die die Gestalt von Tieren annehmen können –, aber das ist schwarze Magie, die schon vor Jahrhunderten verboten wurde. Dazu gehört auch Totenbeschwörung."

„Aber es ist machbar. Ist es denkbar, dass eine Hexe einen Menschen auf diese Weise verflucht?"

„Ich bin mir nicht sicher. Das Thema habe ich nicht wirklich studiert. Was ist los, Kepler?"

Er seufzte und bremste für einen leeren Schulbus ab, der sich auf die Sporthalle zubewegte. „Letzte Nacht wurde ein Mensch von einem Abtrünnigen angegriffen. Jetzt ist sie ein Gestaltwandler."

„Oh, mein Gott. Das ist nicht gut. Gefährliche K-Kreaturen fühlen sich von Hautwechslermagie angezogen – Wesen, die seit Jahrtausenden nicht mehr gesichtet worden. Bei jeder Verwandlung öffnet sich ein Höllenschlund. Es ist nicht wie mit eurer Quelle, bei der das vorbestimmte Tier den Zugriff kontrolliert. Oder wie bei den Ley-Linien, die von den Hexen bewacht werden. Es handelt sich um ein chaotisches Portal. Unkontrolliert. Es gibt Monstern die Möglichkeit, einzutreten."

Seine Kehle schnürte sich zu. „Was für Monster?"

„D-Dämonen zum Beispiel. Drachen. Djinns."

Er entließ ein unsicheres Lachen. Ashlyn würde wahrscheinlich einen Witz über die drei teuflischen Ds machen, wenn sie die Aufzählung hörte. Zum Lachen war die Angelegenheit allerdings nicht.

Darcy fuhr fort: „Wenn diese Menschenfrau von einem Hautwechsler als Ziel auserwählt wurde, wird sie mit jeder Verwandlung diese Kreaturen anziehen. Ich rate dir, für diesen Fall den ansässigen Zirkel einzubeziehen. Vielleicht sind sie in der Lage, anhand des neuen Wandlers die Magie zu dem Urheber zurückzuverfolgen. Wie heißt der Rudelanführer bei euch? Gerne agiere ich als Mittelsmann."

„Ich habe dem Rudel noch nichts davon erzählt." Die Informationen motivierten ihn nicht gerade dazu, es zu tun. Sie würden Ashlyn sofort töten, um das Risiko zu unterbinden, dass sich der Fluch ausbreitete.

„Kepler? Warum denn nicht?"

„Weil das Rudel sie töten wird, bevor ihre neue Fähigkeit Schaden anrichten kann oder auf andere überspringt." Bei dem Gedanken schäumte er vor Wut.

„Oh." Darcy entließ einen zittrigen Atem. „Wenn man bedenkt, was auf dem Spiel –"

„Nein!" Ein Knurren kroch seine Kehle hoch. „Du verstehst nicht. Sie ist meine Gefährtin!"

„Oh Scheiße."

„Das kannst du laut sagen." Er bog auf einen leeren Parkplatz und parkte vor dem Trooper-Gebäude. Das Auto seines Captains stand nicht an seinem Platz. Das bedeutete hoffentlich, dass er seinen Bericht ohne Smalltalk mit einem Menschen über die Bühne bringen konnte. „Danke für deine Hilfe, Darcy. Ich muss los.“

Er legte auf, bevor sie antworten konnte, stieg aus und betrat das Gebäude.

Als er an dem Büro des Regionaldirektors Finch vorbeikam, hörte er eine tiefe Stimme brüllen: „Stone! Wo zur Hölle bist du gewesen? Bring deinen Arsch zu mir.“

Kepler seufzte. Er hatte gehofft, ohne großes Aufsehen vorbeizukommen. Er hätte wissen sollen, dass ihm der Grizzlywandler auflauern würde. Der Mann behandelte seine Dienststelle wie eine Höhlengemeinschaft und Kepler fragte sich, ob er jemals seinen Arbeitsplatz verließ.

Vor dem Schreibtisch sagte Kepler: „Ich kann es erklären, Sir.“

„Okay, lass mich hören.“ Der muskulöse Regionaldirektor trommelte mit den Fingern auf den Schreibtisch. Seine Frisur war zerwühlt, da er stets mit den Fingern durch die dunkelbraunen Haare fuhr. Seine Augen waren blutunterlaufen. „Officer Bennett von der Polizeiwache in Kenai hat mich kontaktiert und mir berichtet, dass es sich um einen Gestaltwandlerfall handelt. Warum höre ich das von ihm und nicht von dir?"

Zähneknirschend schloss Kepler die Tür. *Verdammt, Cal.* Wahrscheinlich wollte er Pluspunkte sammeln. „Es kam etwas Wichtiges dazwischen. Ich werde einen offiziellen Bericht schreiben, in dem ich vermerken werde, dass es sich um einen Bärenangriff handelt."

Finch entließ ein unzufriedenes Grunzen. „Warum müssen immer die Bären herhalten?"

Kepler zuckte mit den Achseln. „Tut mir leid, Sir. Wir sind hier in Alaska und die Gedanken der Leute springen immer zuerst zu einer Bärenattacke."

Er grunzte. „Was war denn so wichtig, dass es dich von dem Tatort weglocken konnte?" Finch ruhte mit den Ellbogen auf dem Tisch, seine Finger berührten sich vor seinem Mund. Als Regionaldirektor und der einzige andere Wandler im Büro diente Finch als Bindeglied zwischen der Polizei und dem Anführer der Wandler.

„Eine persönliche Angelegenheit. Ich habe es unter Kontrolle." Kepler legte die Hand auf die Türklinke, um das Büro zu verlassen.

„Warte." Die Stimme des Regionaldirektors wies das Gewicht eines Alphabefehls auf. Kepler erstarrte. Er wandte sich wieder Finch zu und der Blick des Mannes bohrte sich in ihn. „Du verhältst dich sehr merkwürdig. Möchtest du mir etwas erzählen?"

Für einen flüchtigen Moment überlegte Kepler, sich alles von der Seele zu reden. Sein Wolf jedoch erlaubte ihm das nicht. Schließlich presste er heraus: „Der tote Mann passt auf die Beschreibung der anderen Abtrünnigen. Das könnte bedeuten, dass wir eine neue Spur haben."

„Deine Abwesenheit hat also nichts mit der nackten Frau zu tun, der du geholfen hast, dem Tatort zu entfliehen?"

*Scheiße.* Cal musste sie gesehen haben. Kepler zog den Stuhl vor dem Schreibtisch zurück und nahm widerwillig Platz. Was hatte er sich nur gedacht? Natürlich war er nicht in der Lage, Ashlyn geheimzuhalten. Er hoffte jedoch, dass er es schaffte, sie vor dem Rudel zu bewahren. In einem gleichmäßigen Ton beschrieb er, dass er Ashlyn in einem Müllcontainer gefunden hatte und dass sie offensichtlich das Opfer von einem brutalen Angriff gewesen war. „Ihre Wölfin hat den Abtrünnigen überwältigt und getötet. Sie war traumatisiert. Das würde jedem so gehen. Ihr Tier war immer noch im Beschützermodus. Ich hielt es für besser, sie von dem Tatort zu entfernen, damit sie sich etwas beruhigt."

Finch verschränkte seine Hände auf dem Tisch und lehnte sich vor. „Und wo ist sie jetzt?"

Mit Sicherheit wusste Finch, dass sie nicht unter der Aufsicht des Rudels stand. „Ich habe sie zu meinem Haus gebracht." Er schluckte schwer. Die nächsten Worte aus seinem Mund fühlten sich ungewohnt auf seiner Zunge an. „Sie ist meine Gefährtin, Sir."

„Verdammt, Stone." Finchs Augen zeigten den Zorn seines Grizzlys. „Gibt es noch etwas, dass du mir beichten willst?"

Es gab nur eine Sache, die vielleicht entschuldigen würde, dass er nicht den vorgeschriebenen Verfahrensweg gegangen war. Etwas, das nur ein anderer Wandler verstehen konnte. „Das war das erste Mal, dass ich ihr begegnet bin, Sir. Ich denke, dass die Hormone meinen Denkprozess gestört haben." Diese Beichte ließ ihn schwach erscheinen, er jedoch würde auch das in Kauf nehmen, um Ashlyn zu beschützen. „Ich habe mich aber wieder unter Kontrolle."

Der Ausdruck des Grizzlys zeigte Verständnis. „Ah." Er löste seine Hände voneinander und lehnte sich auf seinem Stuhl zurück, nun sichtlich entspannter. „Was für eine Wende der Ereignisse. Dir ist doch klar, dass ich dich von dem Fall abziehen muss, oder? Das Rudel kann sich um die Angelegenheit kümmern."

Keplers Muskeln spannten sich an. Das Rudel kannte Ashlyn nicht. Wenn sie das taten, dann nur als Menschenfrau, die eine Bäckerei leitete. Wie sollte er ihre plötzlichen Wandlerfähigkeiten erklären? Die Abtrünnigen waren bereits problematisch genug. Er vermutete, dass sie Ashlyn zuerst töten und später eine Ermittlung einleiten würden. „Das ist nicht einer von den Fällen, den jeder bearbeiten kann. Ich jage dieser Spur seit dem Ausbruch vor zwei Jahren hinterher."

Durch seine Dokumente und Papiere wühlend kritzelte Finch etwas auf einen Zettel und reichte ihn an Kepler weiter. „Ob du es glaubst oder nicht, Stone, aber ich weiß genau, was ich tue. Ich habe schon zuvor mit dem Rudel an Fällen zu Abtrünnigen gearbeitet."

„Dies ist kein normaler Fall –"

„Ruhe." Finch hob seine Hand, um Kepler zum Schweigen zu bringen. „In den nächsten Tagen werde ich dich von deinen Pflichten entbinden. Nimm dir die Zeit und lerne deine Gefährtin kennen. Oh, und melde den Vorfall deinem Alpha. Bestimmt hat er Fragen."

Zähneknirschend unterdrückte Kepler das Bedürfnis, Finch daran zu erinnern, dass er sich dem ansässigen Rudel niemals angeschlossen hatte. Zudem hatte er nicht vor, seine Ermittlungen auf Eis zu legen oder Ashlyn für ein Verhör zu übergeben. Nein, er hatte ganz sicher nicht vor, die Befehle des Regionaldirektors zu befolgen.

Nachdem Kepler gegangen war, hatte Ashlyn alle restlichen Cupcakes gegessen. Anschließend entschied sie, sich im Badezimmer etwas frisch zu machen. Mr. Miau war erneut abgetaucht und sie musste zugeben, dass sie sich einsam fühlte. Würde ihr Kater sie jemals wieder mögen? Die Uhr auf dem Nachttisch verriet ihr, dass es kurz nach fünf am Morgen war. Normalerweise war sie zu der Zeit schon in der Bäckerei. Gott sei Dank war heute Montag. Ruhetag. Wenn sie bis Morgen nicht ihr Leben in den Griff bekam, müsste sie ihre Cousine anrufen und ihr Bescheid geben, dass sie einen weiteren Tag zulassen musste. Sie glaubte nicht, dass Lana das störte. Schließlich befand sie sich auf ihrem Fischerboot. Bis Ashlyn sie ausgezahlt hatte, galt ihre Cousine weiterhin als Teilhaberin.

Ashlyn hob Keplers T-Shirt an ihre Nase und atmete tief ein. Ihre Wölfin fand seinen Duft besänftigend. War es möglich, jemanden zu vermissen, den sie erst vor wenigen Stunden kennengelernt hatte? Ständig dachte sie an den Sex in der Dusche zurück. Er war sanft und doch so leidenschaftlich. Sie betete, dass er nicht erst am späten Abend zurückkam.

*Er hat Verpflichtungen, Ashlyn,* erinnerte sie sich. *Er hat einen Job, Freunde, vielleicht sogar eine Freundin ...*

Ein Knurren bahnte sich einen Weg nach oben und sie schluckte die Reaktion herunter. Bis jetzt war ihr der Gedanke nicht gekommen, dass er vergeben sein könnte. Bei einem Mann wie Kepler, der so sexy war, mussten die Frauen Schlange stehen. Die Funken zwischen ihnen fühlten sich echt an, besonders und einzigartig, aber das bedeutete nicht, dass auch er so fühlte. Der rationale Teil sagte ihr, dass er nicht so viel riskiert hätte, wenn er ihre Gefühle nicht teilte, und dass er so schnell es ihm möglich war, zu ihr zurückkehren würde. Die Wölfin verlangte jedoch, dass sie das Haus verließ und sich auf die Suche nach ihm begab.

Ihr Wolf war willensstark.

Zweimal fand sie ihren Weg zur Tür, noch bevor sie bemerkte, was sie tat. Beim dritten Mal hatte sie sich sogar eine Jacke angezogen. *Nein, Wölfchen, wir müssen im Haus bleiben.* Sie zog sich die Jacke wieder aus und hing sie entschlossen in die Garderobe. Kepler hatte gemeint, dass ihre Wölfin ein Alpha war und dass sie es schwer haben würde, sie zu kontrollieren. Sie rollte ihre Schultern und versuchte, das kribbelnde Gefühl abzuschütteln, das sie mit dem Bedürfnis einer Verwandlung verband. Wenn sie doch nur Keplers Stimme hören könnte. Dummerweise hatte sie ihr Handy zusammen mit ihrer Handtasche in der Bar vergessen. Würde er ihre Nummer haben wollen? *Oh Gott, hör auf.* Ihr Wolf war rastlos. *Was, wenn er nicht zurückkommt?*

„Hör auf, dich wie ein Teenie zu verhalten, Ashlyn", sagte sie zu sich selbst und marschierte in die Küche. Vielleicht würde mehr Essen helfen, um sie und ihre Wölfin zu beruhigen. Sie starrte in den Kühlschrank, ihre Gedanken bei Kepler, als es an der Tür klingelte.

Ihr Herz wäre ihr beinahe aus der Brust gesprungen. *Das ist er!* Sie raste zur Tür.

Es läutete erneut und eine Frau rief: „Ashlyn? Bist du da?"

*Muffy?* Ashlyns Freude formte sich zu tiefsitzendem Unmut. Sie schlich nach vorn und sah durch den Türspion. Die zukünftige Braut trug noch immer ihr Partyoutfit. Das Diadem hatte sie abgelegt und in ihrer rechten Hand hielt sie Ashlyns Handtasche.

Kepler hatte ihr das Versprechen abgenommen, das Haus nicht zu verlassen, sodass sie niemanden verletzte. Ihr gefror das Blut zu Eis. Um gegen die Panik anzugehen, drückte sie die Erinnerung aus der Gasse nieder. *Gib keinen Ton von dir. Du bist nicht hier.* Aber sie brauchte ihr Handy und ihren Schlüssel.

Vor der Tür kramte Muffy in ihrer Tasche, zog Ashlyns Schlüssel heraus und führte ihn zum Schloss.

*Oh, Scheiße, sie kommt rein!* Ashlyn streckte die Hand nach der Türklinke aus, unsicher, ob sie ihre Freundin hereinlassen oder fernhalten wollte. Aber es war bereits zu spät. Das Schloss klickte und die Tür schwang auf.

„Hallo? Ashlyn?"

Die Tür krachte gegen Ashlyns großen Zeh. Nun konnte sie nicht länger vorgeben, nicht zuhause zu sein. Nicht mal mehr unter dem Bett konnte sie sich jetzt noch verstecken. Unter dem Bett, wo höchstwahrscheinlich Mr. Miau sein Lager aufgeschlagen hatte.

Muffys blaue Augen füllten sich mit Erleichterung und sie schlang die Arme um Ashlyns Hals. „Es geht dir gut!"

Ashlyn klopfte ihr unbeholfen auf den Rücken. Sie überkam nicht das Bedürfnis, ihrer Freundin die Kehle herauszureißen. Gott sei Dank! Jedoch fiel ihr ein merkwürdiger Ozongeruch in Muffys Parfum auf und sie rümpfte die Nase. Das war das erste Mal, dass sie dies bemerkte. Wie es schien, war ihre Wölfin gegenüber Gerüchen besonders empfindlich.

„Ja, es geht mir gut." Sie lehnte sich zurück und räusperte sich. „Tut mir leid, dass ich einfach verschwunden bin, ohne dir Bescheid zu geben."

„Du bist in die Gasse gerannt und nicht zurückgekommen." Muffy reichte Ashlyn ihre Habseligkeiten. „Die Polizisten meinten, dass dort jemand getötet wurde. Hast du gesehen, was passiert ist?"

Ashlyn wurde übel, als sie ihre Sachen an sich nahm. Wie sollte sie Muffys Frage beantworten? „Ich … Ich habe mit einem Polizisten gesprochen", begann sie. Theoretisch war das nicht gelogen. „Er meinte, dass ich mit niemandem darüber sprechen soll."

Muffy blickte über ihre Schulter, bevor sie eintrat und die Tür hinter sich schloss. Sie verengte die Augen und flüsterte: „Du hast alles gesehen, oder?"

Ashlyn schluckte schwer und verschränkte die Arme vor der Brust. Wieso fühlte sich die Luft plötzlich so bedrückend an? „Ich darf nicht –"

„Das ist okay." Muffy kam einen weiteren Schritt auf sie zu und brachte den Ozongeruch mit sich. „Ich weiß, dass es kein Bär war. Kein natürliches Tier. Glaube mir, du verlierst nicht deinen Verstand."

Erleichterung schwappte durch Ashlyns Körper und ihre Wölfin entließ ein neugieriges Wimmern. Muffy konnte dies nur aus einem Grund wissen. „Bist du auch ein Gestaltwandler?"

„Zur Hölle, nein." Muffy verzog das Gesicht zu einer Grimasse, als wäre sie an einer Mülltonne vorbeigelaufen. Dann weiteten sich ihre Augen und sie wedelte mit der Hand in Ashlyns Richtung.

„Warte … Soll das heißen, dass du eine Gestaltwandlerin bist?"

Nun war Ashlyn gänzlich verwirrt. Wie konnte Muffy über Gestaltwandler Bescheid wissen, wenn sie selbst keiner war? „Ich sollte wirklich nicht darüber sprechen."

Muffy runzelte die Stirn. „Aber ich habe dich vor der Party durchleuchtet."

„Du hast was? Warum?"

„Mit Zauberei."

Ashyln bekam kaum Luft. Kepler hatte erwähnt, dass vermutet wurde, dass eine Hexe hinter der Sache steckte. War Muffy diese Hexe? Noch wichtiger: War sie dafür verantwortlich, was in der Gasse vorgefallen war? Ashlyns Wölfin war erstaunlich ruhig, aber stets in Alarmbereitschaft, falls Ashlyn sie brauchte. „Willst du mir damit sagen, dass du eine Hexe bist? Mit im Kessel rühren, Hokuspokus und dem ganzen Abrakadabra?"

Muffy lachte. „Ich kenne nicht eine einzige Hexe, die Hokuspokus sagt. Oder Abrakadabra. Aber ja, ich bin eine Hexe. Als ich dir in der Bäckerei das erste Mal begegnet bin, glaubte ich, einen Anflug Magie in deiner Aura gesehen zu haben. Wir wollten dich eigentlich fragen, ob du unserem Zirkel beitreten möchtest."

Ashlyns Kinnlade klappte auf. Konnte es noch merkwürdiger werden? „Du dachtest, ich sei eine Hexe?"

„Nein, aber jemand mit Potenzial. Viele Menschen realisieren nicht, dass sie eine Gabe haben. Wir wollten dir anbieten, dich auszubilden. Und jetzt das …" Muffy wedelte mit der Hand und bezog damit Ashlyns Körper ein.

„Weißt du, was mit mir passiert ist?"

Die Sorgenfalte zwischen Muffys Augenbrauen vertiefte sich und ihr Blick fiel über Ashlyns Schulter. „Hat dir dein Gefährte das nicht erklärt?"

Ashlyn runzelte die Stirn. „Mein Gefährte?"

„Der Mann, der für deinen Zustand verantwortlich ist."

*Der Biss eines Fremden. Schmerzen. Seine Krallen, die sich in ihre Schultern bohren. Blut auf ihrer Zunge …* Ashlyn schloss die Augen und hoffte damit, die Erinnerung zu vertreiben. Ihr Mund schien zu viele

Zähne zu haben und ihre Haut kribbelte mit dem Bedürfnis, sich zu verwandeln.

Muffys Augen verengten sich. „Du armes Ding. Du hast keine Ahnung, oder?"

Ashlyn schüttelte den Kopf. Jeder Muskel in ihrem Körper wehrte sich gegen die Verwandlung. Zwischen zusammengepressten Zähnen sagte sie: „Der Mann in der Gasse hat mich gebissen und jetzt scheine ich ein Werwolf zu sein."

Muffy blinzelte. „Hast du dich direkt nach dem Biss in der Gasse verwandelt?"

Ashlyn nickte.

„Das kann nicht stimmen." Muffy ging auf Abstand und Ashlyns Wölfin nahm eine Duftnote wahr, die auf Angst hinwies. „Gestaltwandler sollten nicht die Fähigkeit haben, von einem Moment auf den anderen neue Artgenossen hervorzubringen. Sonst wäre die Erde mit Biestern überrannt."

Kepler hatte etwas Ähnliches gesagt. Was bedeutete, dass es nur ein Fluch sein könnte. Sie glaubte aber nicht, dass Muffy ihre Hände im Spiel hatte. Ihre Wölfin stimmte ihr zu. Ashlyn atmete tief ein, denn sie wusste nicht genau, wie Muffy ihre nächste Frage aufnehmen würde. „Ist es möglich, dass eine Hexe für meinen Zustand verantwortlich ist? Dass es eine Beschwörung oder ein Fluch war?"

„Ja, die Befürchtung habe ich leider auch. Ich muss dich sofort zum Zirkel bringen." Muffy öffnete die Tür und trat ins Freie. „Kommst du?"

Ein Hoffnungsschimmer breitete sich in Ashlyns Brust aus. „Kannst du mich wieder normal machen?"

„Neue Vampire können innerhalb eines bestimmten Zeitfensters geheilt werden. Bei Gestaltwandlern – oder was auch immer du bist – bin ich mir nicht sicher." Muffy seufzte. „Wir müssen zur Zirkelanführerin. Je schneller, desto besser. Bevor die Magie nicht länger umzukehren ist."

Ashlyn starrte auf die Tasche in ihrer Hand. Gestaltwandler. Hexen. Vampire. Sie wusste nicht, wie viel sie noch ertragen konnte. Am liebsten würde sie die Zeit zu den Tagen zurückdrehen, in denen sie so beschäftigt in der Bäckerei war, dass sie einfach nur froh gewesen war, am Abend mit Mr. Miau zu kuscheln und ein gutes Buch zu lesen. *Was ist mit Kepler?* Nein, sie durfte sich von den unerklärlichen Gefühlen für ihn nicht ihre Urteilskraft trüben lassen. Schließlich kannte sie ihn noch nicht lange. Wenn sie wirklich füreinander bestimmt waren, wäre es ihm egal, ob sie ein Wolf oder ein Mensch war. Falls es eine Heilung gab, war Muffy ihre einzige Chance.

„Okay." Ashlyn schenkte ihr ein halbherziges Lächeln. „Bringe mich zu deinem Anführer."

Auf dem Weg zu Ashlyns Apartment zwang sich Kepler, das Tempolimit nicht zu übertreten. Er wusste, dass er diese Ermittlung nicht alleine bewerkstelligen konnte, aber wem konnte er vertrauen? Cal. Er gehörte nicht zu dem Rudel, und obwohl Kepler auf ihn wütend sein wollte, wusste er, dass Cal dies nicht verdiente. Der Polizist war einfach den normalen Verfahrensweg gegangen, als er Finch auf den neusten Stand gebracht hatte. Zumal Cal, nachdem Kepler nicht länger an dem Fall arbeiten durfte, ihn weiter auf dem Laufenden halten konnte.

Er wählte Cals Nummer und wollte gerade aufgeben, als eine schläfrige Stimme an das Handy ging. „Fuck, Stone, was ist? Ich bin nicht im Dienst."

„Tut mir leid, aber ich brauche deine Hilfe."

„Ich habe meinen Bericht bereits an die MCU geschickt."

„Ich weiß. Ich komme gerade von Finch." Kepler atmete tief ein und klärte Cal über die Situation auf, inklusive der Dinge, die ihm seine Schwägerin über die Kräfte von Hautwechslern erzählt hatte.

„Ist sie nun eine Gestaltwandlerin oder nicht?"

Kepler runzelte die Stirn. Gute Frage. „Fuck, ich habe keine Ahnung."

Es folgte eine lange Pause, bevor Cal fragte: „Bist du dir sicher, dass sie deine Gefährtin ist?"

Kepler versuchte, sich zusammenzureißen und nicht seine Wut gewinnen zu lassen. „Mein Wolf lügt nicht." Vielleicht war es doch ein Fehler gewesen, mit der Sache an Cal heranzutreten. Zwar gehörte er nicht zum Rudel, dennoch war es seine Aufgabe, die Wandlergemeinschaft zu beschützen. Es war möglich, dass er mit der Geschichte über die Hautwechsler zum Rudel rannte, woraufhin im wahrsten Sinne des Wortes eine Hexenjagd in Gang gesetzt werden würde. Kepler fuhr fort: „Okay, wenn du mir nicht helfen willst, verstehe ich das, aber bitte behalte die Sache für dich, bis ich mir etwas überlegt habe. Du weißt, wie das Rudel hier ist. Wenn sie glauben, dass Ashlyn eine Gefahr darstellt, werden sie nicht zuerst Fragen stellen, nein, sie werden handeln und sie töten."

„Hast du sie schon für dich beansprucht?"

Kepler knirschte mit den Zähnen. „Ob ich das habe oder nicht, spielt keine Rolle. Sie muss beschützt werden, während wir Nachforschungen anstellen."

„Beruhige dich. Meine Fragen sind berechtigt. Bist du dir sicher, dass sie mit den Hexen nicht unter einer Decke steckt?"

Er musste zugeben, dass er das bisher nicht in Erwägung gezogen hatte. Nichtsdestotrotz machte ihn die Andeutung wütend. „Mein Gott, Cal, du kannst dir nicht vorstellen, wie überrascht und verängstigt sie war. Ich habe keinen Verrat in ihr erkannt. Und Magie konnte ich auch nicht an ihr riechen."

„Tut mir leid, aber ich musste fragen. Wir wissen noch nicht genug über diese Abtrünnigen, um eine Beteiligung ausschließen zu können. Genauso gut könnte es sein, dass sie der Überträger für den Ausbruch ist. Sie könnte Wandlern vortäuschen, dass sie deren Gefährtin ist."

Keplers Blut gefror in seinen Adern. Nein, das konnte nicht stimmen. Was er für Ashlyn fühlte, war echt. Er packte das Lenkrad fest genug, sodass sich seine Fingerknöchel weiß färbten. „Mein Wolf würde es wissen."

Da er zu merken schien, dass er vorsichtig agieren musste, sagte Cal in einem sanften Ton: „Vielleicht solltest du sie mir vorstellen. Mal sehen, was mein Wolf von ihr denkt."

So sehr es Kepler auch verabscheute, musste er zugeben, dass Cal einen guten Punkt vorbrachte. Wenn der Wandler Ashlyn kennenlernte und sie die gleichen Gefühle bei ihm auslöste, war der Gefährtenbund vielleicht nur das Produkt einer Täuschung. Der Gedanke, Ashlyn einem anderen Mann vorzustellen, brachte sein Blut zum Schäumen und doch gab er Cal ihre Adresse. „Ruf mich an, wenn du dort ankommst."

„Mach ich." Cal legte auf.

Vor Ashlyns Apartmentkomplex parkte er am Straßenrand, sprang aus dem Jeep und rannte auf das Gebäude zu. Jede einzelne Zelle in seinem Körper sehnte sich danach, sie wiederzusehen. Am liebsten würde er sie für sich beanspruchen, bevor

Cal hier auftauchte. *Das ist vielleicht genau, was die Hexe will,* erinnerte er sich. Vor ihrer Tür nahm er einen neuen Duft wahr – einen Duft, den jeder Wandler kannte. Ozon. Eine Hexe war hier gewesen. Seine Nackenhaare stellten sich auf. Trotz allem entschied er, zu klopfen.

Niemand antwortete. *Scheiße.* Er versuchte die Türklinke, aber die Tür war abgeschlossen. Nachdem er sich umgesehen hatte, um Zeugen zu vermeiden, wandte er seine Wandlerkraft an und verschaffte sich Zugang zur Wohnung.

Im Inneren hatte sich der Geruch nicht verändert. Es gab keine Anzeichen auf einen Kampf. Er warf einen Blick in die Küche. Im Müll lagen die leeren Cupcakeförmchen. Anschließend marschierte er in das Schlafzimmer. Das Bett war gemacht. Mr. Miau lag auf dem Kissen und starrte ihn verwirrt an. Wo auch immer sie hin war, sie schien freiwillig gegangen zu sein.

Er folgte dem Geruch von Ashlyn und der Hexe ins Freie. Auf der Straße endete die Duftspur. Sie mussten in ein Auto gestiegen sein. Um sie zu finden, würde er seine Wolfsinne einsetzen müssen. Verwandelte er sich hier, riskierte er, gesehen zu werden. Mit einem wild pochenden Herzen blickte er erst nach rechts, dann nach links.

Scheinwerfer erschienen. Cal näherte sich in einem Polizeiwagen. „Was ist los?“

„Sie ist nicht hier. Und es war eine Hexe bei ihr.“

Cals Nasenflügel blähten sich auf. „Fuck.“

„Scheiß drauf“, murmelte Kepler und schlüpfte aus seinen Schuhen. Er würde ihr folgen und es war ihm egal, wer ihn sah.

Cal knöpfte sein Hemd auf. „Ich komme mit.“

Innerhalb weniger Sekunden entließ Keplers Wolf ein Heulen und brach damit die Stille des Morgens. Dann rannte er los.

9

Ashlyn klammerte sich an ihrem Handy fest. Es lag in ihrem Schoß und der Akku war leer. Mittlerweile wünschte sie, dass sie Kepler eine Nachricht geschrieben hätte. Oder, dass sie jemandem – irgendjemandem – Bescheid gegeben hätte, mit wem sie gerade zusammen war. Ihre Cousine rief nur alle paar Tage an, um zu fragen, wie es in der Bäckerei lief. Muffy hatte keine Ladestation im Auto, bot Ashlyn jedoch an, ihr Handy zu benutzen. Leider hatte sie die Nummer ihrer Cousine nicht im Kopf.

Muffy bog auf eine schmale Schotterstraße ab, die mit gelben Blättern bedeckt war. Der tief stehende Nebel entzog den roten und orangenen Büschen die

Farbe und die kargen Bäume lösten einen Schauer in ihr aus. „Wohin fahren wir?", fragte Ashlyn.

„Zu unserem Zirkelanführer. Ihr Name ist Tessa. Sie leitet hier draußen eine Schule. Die Abgelegenheit stellt sicher, dass bei einer Zauberstunde keine Sterblichen hereinplatzen." Muffy tätschelte Ashlyns Hand. „Sie ist eine Naturhexe – eine verdammt gute. Sie wird dir bestimmt helfen können."

Nachdem sie der Straße eine halbe Ewigkeit gefolgt waren, erreichten sie einen hohen, gusseisernen Zaun. Muffy gab einen Code ein und das Tor glitt auf. Sie fuhren durch und es schloss sich automatisch, als sie sich einem großen, grauen Haus mit weißen Fensterrahmen näherten. Mehrere Beete zeigten Spätblüher. Die Pfade dazwischen waren gemäht, die Herbstblätter von den Bäumen schienen regelmäßig entfernt zu werden. Das Glasfenster in der Tür glühte mit dem gelben Licht aus dem Haus. Gestern hätte Ashley das Gebäude noch als charmant beschrieben. Heute konnte sie nur an das Märchen *Hänsel und Gretel* denken.

Muffy parkte, stieg aus, machte die Autotür lauter zu, als es notwendig gewesen wäre und hastete die Stufen zur Eingangstür hinauf.

Indessen versuchte Ashlyn, sich mit tiefen Atemzügen zu beruhigen. Ihr Wolf war neugierig und der Idee nicht abgeneigt, ins Haus zu gehen. Jedenfalls für den Moment. Kepler hatte sie gewarnt, dass sie Probleme haben würde, ihr Tier zu kontrollieren. Eine andere Person – dazu noch eine Hexe – kennenzulernen, machte sie nervös.

Aber sie brauchte Antworten.

Sie öffnete die Tür. Die kühle Herbstluft wehte über ihren Körper.

Eine ältere Frau in Jeans stand nun vor Muffy, ihre langen silbernen Haare waren zu einem Zopf geflochten, der über ihrer rechten Schulter lag. Sie trug Gummistiefel und Ashlyn musste lächeln. Die Frau erinnerte sie an ihre Cousine, nur dreißig Jahre älter. Und weniger freundlich. Die Frau runzelte die Stirn und blickte dann zu dem Auto, aus dem Ashlyn gerade ausstieg. Sie konnte den letzten Teil der Unterhaltung noch hören. „... zu bringen, war unklug."

Muffy sah über ihre Schulter und wies sie an, sich den beiden Frauen zu nähern. „Ich konnte sie doch nicht allein lassen. Wenn die Gestaltwandler sie entdecken, werden sie sie doch sofort umbringen."

Ashlyn erstarrte auf halbem Weg die Stufen hoch. Kepler hatte ein Rudel erwähnt. Sie ging in der Annahme, dass sie nur etwas zu befürchten hatte, wenn sie ihr Tier nicht unter Kontrolle bekam. Sie starrte die Hexen an und war erleichtert, da sie kein Bedürfnis wahrnahm, die ältere Frau zu verletzen. „Mich töten? Warum?"

Die Frau musterte Ashlyn von Kopf bis Fuß. „Gestaltwandler sind Tiere." Der Ausdruck auf ihrem Gesicht konnte nur als Verachtung identifiziert werden. „Sie zerstören, was sie nicht verstehen."

Keplers attraktives Gesicht schwirrte durch ihren Kopf. Er hatte nicht versucht, sie zu töten. Nicht mal verletzt hatte er sie. Von Anfang an hatte er sie beschützen wollen. *Aber er ist einzigartig,* das wusste sie. Ihre Wölfin stimmte zu. Als Kepler zu ihr gemeint hatte, dass sie ihr Apartment nicht verlassen sollte, war sie davon ausgegangen, dass er darauf bestand, damit *sie* niemanden verletzte. War es möglich, dass es ihm darum gegangen war, sie vor anderen Wandlern zu bewahren?

„Ashlyn, das ist Tessa, unser Zirkelanführer." Muffy umfasste Ashlyns Handgelenk und zog sie die restlichen Stufen hoch. „Tessa, wir müssen ihr helfen.“

Tessa seufzte und zog die Tür zu. „Na gut. Lass mich mal schauen.“ Sie lief an Ashlyn vorbei und stieg die Treppe herunter. „Bring sie in meinen Wintergarten.“

Muffy wies Ashlyn an, Tessa zu folgen. Ashlyn ging über einen schmalen Pfad zwischen den Beeten. Nebelschwaden wirbelten um ihre Beine, während Muffy direkt hinter ihr lief. Hinter dem Haus stand ein kleiner Wintergarten mit einem Zinndach. Flankiert wurde das Gebäude von gelben Stauden. Die Wände aus Glas waren angelaufen und blockierten so den Blick nach innen. Als Tessa die Tür aufschob, trat der Duft von warmer Erde und Pflanzensaft an Ashlyns Nase. Im Eingangsbereich fanden sich drei Tische zum Topfen. Dahinter öffnete sich der Bereich zu einem Anblick wie aus einem Märchen.

Ein riesiger Baum wuchs inmitten eines Steinkreises. Der Boden zeigte einen Teppich aus goldenen, violetten und blauen Wildblumen. Tessa lief über die Kieselsteine zwischen den Tischen und trat in den Kreis aus Steinen.

„Wie passt das alles in den kleinen Wintergarten?“, fragte Ashlyn.

Muffy antwortete: „Es ist eine Art Zufluchtsort mit dem Zugang zu magischen Energien. Es ist schwer zu erklären, wenn du Magie nicht studiert hast.“ Ermutigend nickte sie. „Geh weiter.“

Zögerlich lief Ashlyn über die Kieselsteine und trat auf die Wildblumenlichtung. Eine warme Brise liebkoste ihre Wangen und in der Ferne hörte sie Wasser tröpfeln. Die Wände des Wintergartens lösten sich auf. So weit sie blicken konnte, sah sie nur die grüne Wiese. Ashlyn blickte über ihre Schulter, wo sie Muffy gelassen hatte. Wie es schien, existierte nur noch, was der Steinkreis einschloss. „Kann Muffy uns noch sehen?“, fragte sie.

„Ja.“ Tessa lehnte sich vor und tauchte mit den Fingern in einen kleinen Tümpel, der sich an den Wurzeln des Baumes ausbreitete. Sie schnippte Wasser in die Luft, wo die Tropfen wie Diamanten verharrten. Ashlyns Kinnlade klappte auf. Passierte das gerade wirklich? Tessa wiederholte die Handlung, bis eine Ansammlung von Tropfen in der Größe einer Bettdecke zwischen ihnen in der Luft schwebte.

Erstaunt fragte Ashlyn: „Was machst du?"

„Das ist ein Wahrsagenzauber. Ich möchte einen näheren Blick auf deine Aura werfen, bevor ich daran denken kann, dich zu heilen. Atme einmal tief ein", befahl Tessa. „Es wird nicht wehtun. Es könnte sich aber befremdlich anfühlen."

Muffy meinte, dass sie bei ihrem ersten Besuch in der Bäckerei, Ashlyns Aura unter die Lupe genommen hatte. Sie folgte der Anweisung, atmete tief ein und erstarrte, als sie von der Tropfendecke umhüllt wurde. Obwohl sie die Wiese noch sehen konnte, fühlte es sich dennoch an, als wäre sie gerade ins kalte Meer gesprungen. Ihr Herz pochte in ihren Ohren und von allen Seiten spürte sie eine unnatürliche Einwirkung auf ihren Körper, sodass sie aus dem Gleichgewicht gebracht wurde. Ihre Wölfin zappelte in dem Versuch, die Wasseroberfläche zu durchbrechen.

Tessas grüne Augen verdunkelten sich und ihre Lippen formten Worte. Ashlyn konnte jedoch nicht hören, was sie sagte. Sie nahm nur einen Laut wahr, der sie an ein vom Wind in Bewegung gesetztes Blech erinnerte.

Dann ein Heulen. Ihre Wölfin war nicht länger neugierig, sie hatte panische Angst.

Ashlyn schaffte es nicht, auszuatmen. Konnte nicht einatmen. Konnte sich nicht rühren. Zwischen ihr und der Hexe entstand ein Abgrund in eine andere Realität. Eine Landschaft aus Farben und Formen, die sie so bisher noch nie gesehen hatte. Der Geruch nach Asche wehte von der Öffnung, eine Kälte erreichte sie, sodass sie erschauerte. Instinktiv öffnete sie den Mund, um das Heulen zu erwidern.

Dann verdampfte das Wasser, das sie an Ort und Stelle gehalten hatte. Sie brach zusammen, landete am ganzen Körper bebend auf dem Boden und versuchte, das Geschehene zu verarbeiten. Direkt unter ihren … Pfoten fand sie nicht länger Wildblumen, sondern schwarze Asche. Über ihr hörte sie Stimmen, die aber keinen Sinn ergaben. *Labil. Gestaltwandler. Höllenschlund.*

Jede Zelle ihres Wolfes sagte ihr, dass in diesem Abgrund der Tod lauerte. Schlimmer. Verdammung. Sie musste weg von hier. Der befremdende Laut war noch immer zu hören, erinnerte nun jedoch eher an einen herannahenden Sturm. Sie schaffte es nicht, das ungute Gefühle abzuschütteln.

Wieder hörte sie in der Ferne einen Wolf heulen. Dieses Mal traf es sie bis ins Mark. Besänftigte sie. Brachte ihre Pfoten auf die Erde zurück. *Kepler.*

Sie hob den Kopf und entließ ein Heulen, bei dem die Blätter an den Bäumen zitterten. Ihre Wölfin hatte die Kontrolle an sich gerissen. Ihre Wölfin würde sie beschützen. Ihre Wölfin würde sie zu Kepler führen.

Ashlyn sprang aus dem Kreis und die Wände des Wintergartens materialisierten sich erneut. Sie raste los und krachte durch eine Scheibe. Glasscherben schafften es durch ihr dickes Fell und hinterließen Schnittwunden an ihren Flanken. Aber sie stoppte nicht. Sie rannte weiter.

*Kepler, ich komme!*

10

Kepler und Cal rannten durch den Wald, achteten stets darauf, versteckt zu bleiben. Der Nachmittagsnebel half ihnen dabei, bis sie außerhalb der Sichtweite von Menschen waren. Keuchend bog Kepler auf einen schmalen, von Blättern bedeckten Pfad ein. Ashlyns Geruch wurde von dem übermächtigen Ozonduft beinahe vollkommen überdeckt. Es roch so stark nach Hexen, dass es sich um mehr als eine handeln musste.

*Wir befinden uns im Revier des Zirkels,* übermittelte Cal an ihn.

Kepler wäre fast gestolpert. Nur Gefährten und Rudelmitglieder waren in der Lage, durch

Gedankenübertragung miteinander zu kommunizieren. Kepler schickte: *Sprichst du mit mir?*

*Ich musste in den letzten zehn Minuten zuhören, wie du Hexen zählst.*

Das war nicht das erste Mal, dass sich Keplers Alphakräfte offenbart hatten, ein Vorgeschmack darauf, wie es wäre, ein Rudel anzuführen. Zuvor hatte er sich der Verantwortung immer entzogen, da er sich lieber auf seine Karriere konzentrieren wollte. Nun war er froh, Rückendeckung zu haben. *Es kann sein, dass wir kämpfen müssen.*

*Dann mal los,* knurrte Cal, ohne jemals Tempo aus seinen Schritten zu nehmen. Sein goldbraunes Fell vermischte sich mit den Farben des Herbstlaubes – ganz im Gegenteil zu Keplers hellgrauem Anstrich. *Scheiß Hexen.*

Vor ihnen erhob sich ein Eisengusstor aus dem Nebel. Die kahlen Bäume davor wirkten wie abschreckende Speere. Keplers Pfoten dämpften sein Näherkommen. Magie prallte in Wellen von dem Zaun ab. Mit Sicherheit war der Zaun mit einem Zauber belegt, der bei dem Versuch einer Übertretung Schmerzen auslösen oder sogar zum Tode führen würde.

Er setzte sich auf seine Hinterbeine und knurrte.

*Was jetzt?*, fragte Cal.

*Meine Gefährtin ist da drin.* Kepler nahm seine Menschengestalt an und ging einen Schritt auf das Tor zu. „Ich werde klopfen."

*Du bist nackt,* erinnerte ihn Cal, der sich Kepler in seiner Tiergestalt in den Weg stellte. *Sie werden dich nicht reinlassen.*

Kepler ging es am Arsch vorbei, dass er nackt war. Er musste zu Ashlyn und verhindern, was auch immer die Hexen mit ihr vorhatten. Heute war das erste Mal, dass er es bereute, keinem Rudel anzugehören. Ein Rudel war wie eine Armee und handelte, wenn ein Mitglied Verstärkung benötigte. „Hol Hilfe. In der Zwischenzeit werde ich versuchen, die Hexen von ihrem Vorhaben abzubringen."

Ohne zu warten, ob Cal gehorchte, näherte sich Kepler dem Bedienfeld am Tor. In dem Moment vernahm er Schritte auf der anderen Seite des Zauns. Ein riesiger cremeweißer Wolf erschien im Nebel. *Ashlyn!* Sie war in Sicherheit und am Leben. Der Wolf raste entschlossen auf den Zaun zu. Eine Sekunde, bevor sich Ashlyns Tiergestalt zum Sprung vorbereitete, erkannte er, was ihr Wolf vorhatte.

Sein Herz setzte aus. „Ashlyn, nein! Der Zaun ist mit einem Abwehrzauber belegt!"

Sie sprang anmutig und erreichte den höchsten Punkt, an dem ihr Körper plötzlich bebte und Funken sprühte. Ihr Fell löste sich auf und ihre Gliedmaßen verlängerten sich. In ihrer menschlichen Form landete sie auf dem Boden und glitt über die nassen Blätter.

Kepler stürmte zu ihr. „Ashlyn!"

Sie lag in einer Fetusposition. Ihre Augen waren geschlossen, ihre Atmung flach und überall in ihren pinken und blauen Haaren fanden sich Blätter und kleine Zweige. Aus den Wunden an ihren Rippen floss Blut. Er streckte die Hand nach ihr aus. Verdammt, er war so wütend auf diese beschissenen Hexen. Ihre Augen schossen auf. Zähnefletschend versuchte sie, sich aufzusetzen.

Er brauchte einen Moment, bis er merkte, dass ihr Blick nicht auf ihm, sondern auf Cal lag.

Kepler wirbelte herum und sah, wie sich der goldbraune Wolf in eine Angriffsposition begab. Die Vorderbeine waren gespreizt, er entließ ein bedrohliches Knurren und die dunklen Haare in seinem Nacken hatten sich aufgestellt.

Mit beiden Händen nach vorn ausgestreckt, sagte Kepler: „Cal, es ist okay. Das ist Ashlyn."

In seinem Kopf war als Antwort nur ein Fauchen zu hören und das Schnappen von Zähnen.

Zumindest erklärte das, ob Keplers Bedürfnis, einen Bund mit ihr einzugehen, einzigartig war oder nicht. Cal fühlte sich von Ashlyn eindeutig nicht angezogen. Eine Hand noch immer in der Luft bewegte sich Kepler langsam auf den Wolf zu. Bei seinen nächsten Worten verwendete er seinen Alphaton: „Beherrsche dich, Cal."

Cals gelbe Augen blitzten auf. Kurz darauf explodierte er in kupferfarbene Funken und schon saß er in Menschenform vor ihm. Sofort zeigte der Mann mit einem anklagenden Finger auf Ashlyn. „Sie ist kein Gestaltwandler."

„Was redest du denn da? Du hast gerade ihre Wölfin gesehen, Cal."

„Kannst du es nicht riechen?", flüsterte Cal. „Mit ihr stimmt etwas nicht, Kepler. Etwas stimmt ganz und gar nicht."

Kepler drehte sich wieder zu Ashlyn. Sie saß an einen Baumstamm gelehnt, ihre Knie an ihre Brust gezogen und die Arme um die Beine geschlungen. Der Ozongeruch war stark, aber er nahm auch ihren wundervollen Wildblumenduft wahr. Darunter lag eine Note, die er als primitiv und zügellos bezeichnen würde. Blut. Nasse Blätter. Ein Odeur aus brennender Kohle. Welcher Zauber roch danach? Er wusste nicht genug über Hexen, um diese Frage zu beantworten. „Du riechst nur die Hexen, Cal. Dieser Geruch wird vergehen."

Hinter dem Zaun grummelte der Motor eines Autos zum Leben. Die Stimme einer Frau erreichte ihn: „Gib jedem Bescheid. Wir müssen sie finden."

„Lass uns von hier verschwinden", flüsterte Kepler. Er umfasste Ashlyns Ellbogen. „Kannst du laufen?"

Die Wunden an ihren Rippen waren fast verheilt, dennoch blickte Ashlyn ihn an, als spräche er Chinesisch.

Besorgt entließ er den Atem und hob sie in seine Arme. Als er sie durch den Wald trug, schlang sie ihre Arme um seinen Hals.

Missmutig folgte ihnen Cal durch das Unterholz. Nachdem sie etwas Abstand zu dem Zaun gewonnen hatten, fragte Cal: „Ist das nicht die Frau aus der Bäckerei?"

„Ja."

„Sie ist … etwas stimmt nicht. Sie ist nicht normal. Wir müssen dem Rudel von ihr erzählen. Verdammt, der ganze Rat sollte informiert werden."

Kepler knirschte mit den Zähnen. „Erst, wenn ich mir sicher sein kann, dass sie ihr nicht wehtun."

„Was, wenn sie dir wehtut?"

Kepler schnaubte. „Sieht sie aus, als wäre sie gerade in der Lage, jemanden zu verletzen?"

Cal stoppte. Sein Ausdruck sprach von Sorge. „Du stehst unter ihrem Bann."

„Sie ist keine Hexe."

„Sie ist aber auch kein Wandler."

„Fick dich, Cal. Sie ist meine Gefährtin."

„Noch hast du den Bund nicht vollendet."

Keplers Fangzähne verlängerten sich und bohrten sich in seine Unterlippe. Seine Worte kamen gepresst heraus: „Ich werde sie hier und jetzt beißen, wenn dir das beweist, dass sie meinen Schutz verdient."

„Ich sage ja nicht, dass wir sie nicht beschützen sollen. Ich sage, dass wir es nicht allein können." Cal ging einen Schritt zurück und seine Augen blitzten kupferfarben auf. „Ich werde es dem Rudel erzählen." Explosionsartig verwandelte er sich und verschwand in den Nebel, bevor Kepler auch nur ein Wort sagen konnte.

Er entließ einen langen Atem und bewegte sich dann in die entgegengesetzte Richtung. Ein Teil von ihm wusste, dass Cal recht hatte. Sie brauchten Hilfe. Die merkwürdige Duftnote wollte nicht verschwinden. Sein Herz wusste, was das bedeutete. *Sie wurde verflucht.* Aber um was für einen Fluch handelte es sich?

Ashlyns Arme festigten sich um seinen Hals. „Was bedeutet es, beansprucht zu werden?"

Kepler hielt inne. Er musste erkennen, dass er und Cal über sie gesprochen hatten, als wäre sie nicht anwesend. „Auf diese Weise wollte ich dieses Thema nicht ansprechen."

„Du meintest, dass ich deine Gefährtin bin." In ihrer Stimme schwang ein sexy Ton mit, bei dem sein Schwanz zuckte.

Er sah in ihre Augen und war froh, dass sich der glasige Ausdruck in Luft aufgelöst hatte. Sie war so wunderschön, ihre Wangen leicht gerötet und ihre Lippen gespitzt. Weit genug von dem Revier der Hexen entfernt, erlaubte er sich eine Pause. Er stellte sie auf ihre Beine, eine Hand noch immer auf ihrer Hüfte, um sicherzugehen, dass sie sicher stand, bevor er erneut das Wort erhob.

„Jeder Wandler hat irgendwo auf der Welt einen perfekten Partner", sagte er. „Wenn wir ihn oder sie treffen, weiß unser Wolf sofort Bescheid. Es ist Schicksal. Wir können entscheiden, ob wir den Bund akzeptieren oder uns ihm verweigern, aber unsere Tiere werden einander immer begehren."

Für mehrere Herzschläge stand sie bewegungslos vor ihm und die Stille im Wald kam einem angehaltenen Atem gleich. Schließlich fragte sie: „Ist es das, was ich für dich empfinde?"

Eine Welle der Erleichterung schwappte über ihn hinweg. *Sie fühlt es auch!* Am liebsten würde er sie an sich ziehen und sie küssen, wollte seine Hände in ihren Haaren vergraben und ihren Honigduft in sich einsaugen. „Ja. Wir sind Gefährten."

Ihre Augen blitzten blau auf und er wusste, dass ihre Wölfin ihr Einverständnis gab. Fluch oder nicht, ihr Wolf war echt. Die Verbindung zwischen ihnen war echt. Er senkte die Lippen auf ihre. Ohne zu zögern, erwiderte sie den Kuss und verschränkte die Arme hinter seinem Hals.

Nach dem befriedigenden Moment der Zweisamkeit lehnte sie sich zurück und sah ihm in die Augen „Die Hexen wollten den Fluch brechen. Das wollte ich aber nicht. Nicht mehr. Vor allem nicht, wenn es ihr Ziel war, meine Wölfin an diesen furchtbaren Ort zu schicken.“

Er runzelte die Stirn und löste ihre Arme von seinem Hals, sodass er einen Schritt von ihr auf Abstand gehen konnte. Mit ihren Händen in seinen sah er ihr tief in die Augen. „Von was für einem Ort sprichst du?“

„Die Zirkelanführerin hat sich meine Aura angesehen. Den Zauber, den sie dafür gesprochen hat …“ Ashlyn erschauerte. „Ich schwöre dir, sie hat ein Portal in die Hölle geöffnet. Inmitten von aufgewühlten Farben herrschte dort das Chaos. Sie haben es sogar Höllenschlund genannt. Meiner Wölfin hat die Magie nicht zugesagt. Mir auch nicht. Also habe ich mich verwandelt und bin geflüchtet.“

„Ein Höllenschlund." Es fühlte sich an, als hätte er gerade eine Kugel abbekommen. Seine Schwägerin hatte dieses Wort am Telefon verwendet.

Zittrig atmete er ein. Dabei nahm er Ashlyns Wölfin wahr, zusammen mit einem merkwürdigen Geruch, der zwischen Cal und ihm zur Diskussion geführt hatte. *Der Besuch zum Höllenschlund muss ihr anhaften.* Die Quelle war an sich nichts anderes – ein Portal, das den Tieren erlaubte, ihre Wirte zu finden. Er war noch nie dort gewesen, aber ihre Beschreibung ähnelte den Geschichten, die er sein ganzes Leben zu hören bekommen hatte.

Er griff nach ihrer Hand und lief weiter durch den Wald. „Erinnerst du dich, wie ich dir von dem Gletscher erzählt habe? Der Quelle für Wandlermagie?"

Sie nickte.

„Wenn ein Gestaltwandler einen menschlichen Gefährten findet, bringt er den Menschen zu der Höhle mit der Quelle, um herauszufinden, welches Tier das Schicksal für ihn vorgesehen hat. Als wir uns zum ersten Mal getroffen haben, hatte ich keine Ahnung, dass du meine Gefährtin bist." Er fuhr sich mit den Fingern durch die Haare und dachte an seinen ersten Besuch in ihrer Bäckerei. Es war voll gewesen und der Geruch von Gebäck hatte diesen Moment beherrscht, sodass er sie gar nicht bemerkt hatte. Ihr Wolf hatte ihn jedoch sehr wohl erkannt. „Ich denke, dass deine Wölfin ungeduldig wurde. Wir wissen, dass sie ein willensstarkes Alphatier ist. Meine Vermutung ist, dass sie einen anderen Weg zu dir gefunden hat."

Ashlyn löste sich aus seinem Griff. „Aber der Abtrünnige … Willst du damit sagen, dass meine Wölfin für seinen Zustand verantwortlich ist?"

Nah an einem Graben hielt er an und schüttelte den Kopf. „Der Ausbruch begann lange vor unserem Kennenlernen. Deine Wölfin hat einfach eine Situation ausgenutzt." Er sprang runter und streckte Ashlyn die Hand entgegen. Diese akzeptierte sie und sie kam an seine Seite. Gemeinsam folgten sie dem Kanal und auf dem Weg erzählte er ihr, was Darcy ihm verraten hatte. „Die Magie wurde von den Zirkeln verboten, da es einen Höllenschlund öffnen kann – ein Portal, das Dämonen und andere Monster in unsere Welt lässt. In deinem Fall hat sich dein Tier Zugang verschafft."

Sie hielt an und bedeckte ihren Mund mit der rechten Hand, ihre Augen weit aufgerissen. „Cal meinte, dass ich kein wahrer Gestaltwandler bin. Bedeutet das, dass meine Wölfin ein Dämon ist?"

Kepler legte die Hände auf ihre Wangen und zwang sie, ihn anzusehen. „Du bist meine Gefährtin und egal, wie du sie bekommen hast, dein Wolf ist echt."

„Aber bin ich ein wahrer Gestaltwandler?"

„Du wirst schon bald erfahren, dass nicht alle übernatürlichen Wesen miteinander auskommen. Gestaltwandler, Hexen, Vampire – sie alle halten wenig voneinander. Vergleichbar ist es mit Rassismus unter den Menschen. Mich stört das alles nicht. Du bist meine Gefährtin und nur das zählt." Er gab ihr einen sanften Kuss, nahm wieder ihre Hand in seine und setzte seinen Weg mit ihr an seiner Seite fort.

Für eine Weile schwieg sie, bevor sie sagte: „Würde es mich zu einem echten Gestaltwandler machen, wenn ich die Quelle aufsuche?"

„Wenn du bereits eine Wandlerform hast, wird diese beim Trinken von der Quelle gegen eine andere ausgetauscht. Du würdest deinen Wolf verlieren und vielleicht mit einem Elch oder etwas Ähnlichem enden." Er schüttelte den Kopf und dachte an ein

Gerücht, bei dem genau dies einem Gestaltwandler im Norden passiert war.

Ashlyn kicherte. Das Lachen verging ihr jedoch schnell. „Bringe mich nicht zum Lachen. Das ist ein ernstes Thema. Die Hexen meinten, dass ich labil bin."

*Labil.* Wie oft hatte er diesen Ausdruck in seiner Jugend an den Kopf geworfen bekommen? Seine Mutter hatte immer gescherzt, dass sein Bruder Adrian und er niemals eine Frau finden würden, die dazu fähig war, die Tiere der beiden zu besänftigen. Sein Herz hämmerte gegen seinen Brustkorb, als ihm bewusst wurde, dass es noch einen Weg gab, das Tier in ihr zu stabilisieren. Der Gefährtenbiss. Viele Gestaltwandler entdeckten nach der Vollendung des Bundes eine gelassenere Seite an sich. War das vielleicht genau, was Ashlyn brauchte?

Neben einem umgefallenen Baumstamm stoppte er und wandte sich ihr zu. Beim Laufen hatte sich der Nebel verzogen. Über ihnen flogen Gänse in einer V-Formation, ihr Schnattern hier unten kaum zu vernehmen. Der Himmel war blau und das Sonnenlicht ließ die gelben Blätter auf dem Boden wie gemalt erscheinen. Er schob eine pinke Strähne hinter ihr Ohr. „Wir könnten versuchen, den Bund zu vervollständigen. Das könnte deinen Wolf stabilisieren."

Sie näherte sich ihm und fuhr mit beiden Händen über seine Brust, um ein weiteres Mal die Arme hinter seinem Hals zu verschränken. „Wenn das bedeutet, was ich denke, worauf warten wir dann noch?"

Er versuchte, sich zu beherrschen, und ließ die Augen über ihr Gesicht schweifen. „Ich muss sichergehen, dass du die Folgen verstehst. Ein Bund dieser Art gilt für die Ewigkeit. Wir werden in der Lage sein, die Gedanken des Partners zu hören und die Emotionen zu fühlen. Als Gestaltwandler wirst du ein längeres Leben haben – hunderte von Jahren. Mit mir. Mir allein. Du wirst niemals wieder mit einer anderen Person eine derartige Verbindung eingehen können."

Sie lehnte sich an ihn. „Gilt das Gleiche für dich?"

Er nickte. Das Bedürfnis, von ihren Lippen zu kosten, erschwerte ihm das Atmen.

Sie hob ihr Kinn, brachte ihren Mund zu seinem, sodass er ihre Worte an seinen Lippen spürte: „Dann gehöre ich dir."

Die Hexe saß in ihrem Leihwagen, packte das Lenkrad mit beiden Händen und weigerte sich, zu der leeren Flasche auf dem Beifahrersitz zu sehen. Na ja, nicht leer. Nicht direkt. Trotz ihrer Sonnenbrille konnte sie aus den Augenwinkeln das wirbelnde, lavendelfarbene Licht im braunen Glas erkennen.

„Ich kann es richten", sagte sie laut. Als sie auf das große, graue Haus starrte, hatte sie zwar keine Ahnung, wie sie das anstellen sollte, aber sie würde es zumindest versuchen.

Sie gehörte nicht zu dem Zirkel, musste keinen Vorschriften nachkommen. Um genau zu sein, wäre sie in großer Gefahr, wenn herauskäme, dass sie mit einem Agathioner zusammenarbeitete. Dummerweise hatte der Zirkel Wind von der Wandlerin bekommen, die auch sie suchte. Sie musste herausfinden, was die Hexen wussten und dann hoffen, dass sie die Gestaltwandlerin zuerst fand. Das Leben ihres tierischen Vertrauten hing davon ab.

Direkt unter einer Fichte parkte sie neben einem ramponierten Subaru. Die Flasche bedeckte sie mit einer wiederverwendbaren Einkaufstasche. Sie war nicht länger in der Lage, den Agathioner abzuschütteln, wie das zu Beginn der Fall gewesen war. Das machte ihr Sorgen. Er gewann an Stärke, obwohl sie noch keinen Wirt für ihn gefunden hatte. Mit einem letzten Blick auf die Flasche wandte sie sich dem Gebäude zu.

Die Sonne hatte den Himmel überquert und kratzte nun an den kahlen Baumspitzen. Orangenes Licht ließ den Hof glühen. Die Luft erzählte von Hexen, die erst kürzlich hier vorbeigekommen waren. Da der Zirkel jetzt wusste, dass jemand verbotene Zauber benutzte, würden sie alles versuchen, um die Welt von dem Verursacher zu befreien.

„Ich wünschte, ich hätte Hamilton bei mir", murmelte sie. Ihre Sehnsucht nach ihrem Vertrauten war groß.

Vor der ersten Stufe flüsterte die Brise etwas Neues. Etwas Befremdliches. *Der Wandler für den Agathioner?* War es möglich, dass der Zirkel den Gestaltwandler bereits aufgespürt hatte?

An den Blumenbeeten vorbei lief sie um das Haus, bis sie einen Wintergarten sah. Es war keine Überraschung, dass davon Magie abstrahlte. Eine Scheibe war kaputt und es lagen Scherben im Gras. Kein Gestaltwandler zu sehen, aber irgendetwas war hier passiert.

Ein Blick über ihre Schulter versicherte ihr, dass sie niemand von den Fenstern des Hauses beobachtete, und so näherte sie sich der kaputten Scheibe. Sie hob ihre Sonnenbrille auf den Kopf und musterte die Szene. An mehreren Scherben klebte Blut. Von dem Gestaltwandler? Es gab nur einen Grund, warum sie den Wandler finden musste: Sie brauchte eine Gewebeprobe für einen Zauber. Blut, Haare, Haut – alles würde helfen. Das Blut an der Scherbe würde eine perfekte Verbindung zu den Kräften des Agathioners herstellen. Bingo! Endlich schien mal etwas zu funktionieren.

*Bald ist der Albtraum vorbei und mein Hamilton wieder frei.*

Mit Bedacht sammelte sie ein paar der blutigen Scherben ein, wickelte sie in ein Taschentuch und schob es in ihre Handtasche. Nun brauchte sie nur ein ruhiges Plätzchen, um den Zauber –

„Jen, du bist gekommen!"

Ihr Herz sprang ihr bei ihrem Namen fast aus der Brust. Sie drehte sich um und sah sich Muffy gegenüber, die vom Haus auf sie zukam. Die Sorgenfalte zwischen den Augenbrauen ihrer Schwester war unmissverständlich. Muffy packte ihre Hand und zog sie zum Hintereingang. „Danke, dass du dich einverstanden erklärt hast, uns zu helfen. Komm rein. Tessa hat einen Plan."

Bei Jen meldete sich das schlechte Gewissen. Ihre herzensgute Schwester hatte sie nichts ahnend nach Alaska eingeladen. In der Hoffnung, dass Jen den Zirkel hier genug mögen würde, um umzuziehen und ihm beizutreten. Das Problem war nur, dass alles, was Jen anpackte, schief ging. Sie hatte nicht vor, ihre schlechte Aura zu dem Zirkel zu bringen, den ihre Schwester so sehr liebte.

Andererseits konnte sie nicht erlauben, dass die Mitglieder erfuhren, wer die verbotenen Beschwörungen gesprochen hatte. Sie musste also für den Moment mitspielen, bis sie sich unbemerkt davonstehlen und den Zauber sprechen konnte. Sie setzte ein Lächeln auf und folgte ihrer Schwester in das Haus.

12

Ashlyn blickte in Keplers Augen und entließ langsam den Atem. Das goldene Glühen, das sie in seinen Tiefen sah, erreichte ihre Wölfin. Seine Nähe schürte ihre Leidenschaft. Er war riesig, stark und nackt, seine Haut erregend warm an diesem kühlen Herbsttag. Ihre Schenkel bebten. *Vom Schicksal auserkorene Gefährten.* Konnte eine Beziehung in der Neuzeit auf den Grundfesten eines Märchens aufgebaut werden?

Kepler schien das zu denken. Es gefiel ihr, wie einfach sie sich bei ihm fallen lassen konnte. In seiner Nähe vertraute sie darauf, dass sich alles zum Guten wenden würde. Er zog sie an sich und presste seinen Mund auf ihren, seine Zunge verlangte

Zugang, als würden sie schon seit Jahren eine Beziehung führen.

Enger und enger drückte sie sich bei dem Kuss an ihn. An sich wusste sie kaum etwas über ihn oder sein Leben, und trotzdem: Ihre Gefühle waren echt. Stark ausgeprägt und rein. Den Rest ihres Lebens mit Kepler zu verbringen, klang nach einem wahrgewordenen Traum. Nach nichts sehnte sie sich mehr. Es war eine stürmische Beziehung und doch fühlte es sich einfach unglaublich an, ihn zu lieben. *Ich liebe ihn.*

„Beanspruche mich für dich. Mach mich zu deiner Gefährtin", sagte sie.

Keplers Arme festigten sich um sie und er entließ ein tiefes Knurren. Er stieß mit dem Becken nach vorn und ließ sie seine harte Länge spüren. Mit einer Hand glitt er über ihren nackten Po und zu dem Bereich zwischen ihren Schenkeln. Er fand ihre Nässe. Sie schnappte nach Luft, wölbte sich ihm entgegen und öffnete sich für seine Erkundungstour. Er tauchte zwischen ihre Schamlippen und glitt durch ihre Spalte.

Mittlerweile hatte sie sich ein wenig an ihren Wolf und die geschärften Sinne gewöhnt. Ihre Wölfin ermutigte sie, sich zu holen, was sie begehrte. Mit einer Hand fuhr sie von seiner Schulter seine Brust hinunter, bis sie seine Erektion erreichte. Dick und hart lag sein Schaft in ihrer Hand. Mit den Fingern um seine Länge streichelte sie ihn.

Seine Hand löste sich von ihrem Hintern. Bevor sie protestieren konnte, senkte er sie auf die trockenen Blätter unter einem Baum. Die Erde roch feucht und ursprünglich, was sie in diesem Moment an sie selbst erinnerte. Dieser Moment mit Kepler fühlte sich so richtig an. *Alles andere wird sich auch regeln.* Sie wusste nicht, ob dies ihre Gedanken oder die des Wolfes waren, aber sie hatte keine Zeit, dies jetzt zu beleuchten.

Kepler kniete sich zwischen ihre Beine und hob ihre Waden auf seine Schultern. Sie wimmerte, als ihr klar wurde, was er vorhatte. Seine Zunge teilte ihre Schamlippen und er traf mit einer Entschlossenheit auf ihre Spalte, die einen elektrisierenden Sturm in ihr lostrat. Er umkreiste ihren Eingang, bevor er sich zu ihrer Klitoris aufmachte.

Sanft saugte er an dem Nervenbündel und ihre Hüfte zuckte. Sie stöhnte, so sehr sehnte sie sich nach ihm. Seine Zunge schnellte über ihre Klitoris und versetzte Ashlyn in einen erregenden Rausch.

Während er ihre Klitoris bearbeitete, fuhr sie mit den Händen in seine Haare, sodass sie sich gezielt an seinem Mund reiben konnte. Der Druck in ihr baute sich auf und ließ ihre Nippel kribbeln. Ihre Beine bebten und sie packte seine Haare fester, als sie direkt auf den Orgasmus zuraste.

Dann drang er mit der Zunge in sie und beförderte sie über die Klippe. Die Ekstase war nicht zu überbieten. Sie schrie seinen Namen, während er mit seinen Bemühungen kein Erbarmen kannte. Weiterhin stieß er mit der Zunge in sie, sein Daumen schnellte über ihre Klitoris, sodass ihr Orgasmus in die Länge gezogen wurde. Er raubte ihr regelrecht den Atem.

Als sie es nicht mehr aushielt, nahm er sich etwas zurück und erlaubte ihr, auf dem Bett aus Blättern zu erschlaffen. Ihr rasendes Herz und ihre schnellen Atemzüge führten dazu, dass sich die Welt um sie herum drehte. Sie schloss die Augen. „Kepler, das war ...“ Sie schaffte es nicht mal, den Satz zu beenden.

Er platzierte Küsse auf ihrer Schenkelinnenseite und machte sich über ihren Bauch auf den Weg zu ihren Brüsten. „Du bist“ – er knabberte an ihrem rechten Nippel und schickte eine elektrisierende

Empfindung durch ihren Körper – „die wunderschönste", – er knabberte an ihrem anderen Nippel – „Frau auf diesem Planeten."

Sie festigte die Finger in seinen Haaren und ihr Körper bebte, als er weiterhin ihre Knospen betörte und gleichzeitig das berauschende Gefühl in ihrer Pussy verlängerte. Ihre Mitte gierte nach ihm. Sie war erschöpft und doch wollte sie von ihm gefüllt werden.

Nachdem sie die Beine um seine Hüfte gewickelt hatte, sagte sie: „Ich muss dich in mir spüren."

Kepler fand ihren Mund mit seinem und küsste sie leidenschaftlich. Seine Eichel pulsierte an ihrem Eingang. Gemächlich drang er in sie, ohne jemals den Augenkontakt zu unterbrechen. Niemals durfte dieser Moment enden. Sie zog die Wände ihres Geschlechts um seine Länge zusammen.

Er stöhnte: „Du bist so eng. So warm."

Sie hob ihm ihr Becken entgegen und dann war er endlich in ihr. Er entließ einen zittrigen Atem. Beide genossen sie einfach nur den Moment der Verbundenheit, verloren in den Tiefen des jeweils anderen. Verloren in dem Gefühl der Intimität. Gott, sie liebte es, sein Gewicht auf sich zu spüren. Es erinnerte sie daran, dass sie ihm gehörte. Langsam zog er sich aus ihr zurück und legte dann einen verführerischen Rhythmus vor. Nach einer Weile erhöhte er das Tempo und mit einem unwiderstehlichen Feuer in seinen Augen packte er mit einer Hand ihren Nacken.

Sie krallte sich an seinem Rücken fest, kam ihm mit ihren Hüften entgegen, als er hart in sie hämmerte. Auch mit der Zunge tauchte er in sie – in ihren Mund, der sich plötzlich anfühlte, als wäre er mit scharfen Zähnen gefüllt. Er schien davon nichts mitzubekommen. Sie öffnete sich weit für ihn, ließ sich auf den Tanz mit seiner Zunge ein, kostete von ihm, wie sie noch nie von einem Mann gekostet hatte. *Mir allein*, knurrte ihre Wölfin. Das Bedürfnis, ihn zu beißen, verstärkte sich, bis es sich aufregend und zugleich verängstigend anfühlte.

Der Kuss, nur eine andere Form der Inbesitznahme, hörte nicht auf. Dann spürte sie es, den herannahenden Orgasmus, das Zucken ihres Geschlechts um seinen Schwanz, und sie bohrte die Nägel tief in seinen Rücken.

Es dauerte nicht lange, bis seine Zähne ihre Schulter fanden. Ihr Orgasmus und das Feuer des Bisses schossen als eine Empfindung durch ihren Körper.

Sie schrie ihre Begierde hinaus, sie bebte und zitterte, und dann tat sie es ihm gleich und ihr Mund fand seine Schulter. Als ihre Zähne in sein Fleisch tauchten, knurrte er, stieß härter und härter zu und füllte sie schließlich mit seiner Hitze.

Noch immer verbunden, genossen sie gemeinsam den ekstatischen Rausch der Sinne. Schlaff lag sie auf dem Blätterbett und ließ sich von seinem Körper auf ihrem erden.

Kepler küsste entlang ihres Kiefers. „Mein."

Sie lächelte. „Mein."

Die Hitze seines Körpers agierte als Schutzschild. In der nächsten Sekunde fühlte sie eine Liebkosung in ihrem Verstand, die mit so viel Zärtlichkeit daherkam, dass sie am liebsten weinen würde. Keplers Stimme in ihrem Kopf klang genau wie seine normale. *Ashlyn, kannst du mich hören?*

*Kann ich!* Niemals hätte sie sich vorgestellt, einer anderen Person so nah zu kommen. Es fühlte sich wundervoll an. *Es hat funktioniert!*

Seine Arme legten sich enger um sie. *Das hat es.* In seinen Gedanken schwang unbändige Freude mit.

*Wir sind miteinander verbunden. Wie geht's deiner Wölfin?*

Sie konzentrierte sich auf ihre Wölfin. Ihr Tier war vollkommen entspannt und gab keinen Ton von sich. *Ich weiß nicht, ob sie stabiler ist als vorher, aber sie wirkt sehr zufrieden mit der Welt.* Mit den Fingerspitzen streichelte sie über Keplers Kiefer und lächelte bei dem warmen Glühen in seinen Augen. *Glühen meine Augen auch?*

Er nickte. *Ja, aber deine tun das in einem Eisblau.*

*Können Menschen es sehen? Oder nur andere Gestaltwandler?*

*Menschen sehen es, aber zumeist denken sie, dass es sich um eine optische Täuschung handelt. Dennoch solltest du vorsichtig sein, wenn du deine Fähigkeiten in der Öffentlichkeit verwendest.*

Sie nickte. Ihr kam ein Gedanke und sie fragte: „Wenn wir beide Gestaltwandler sind, kommen unsere Babys dann als Welpen auf die Welt?"

Er gluckste. „Keine Bange. Die Kinder von Gestaltwandlern müssen auf ihre erste Verwandlung bis zur Pubertät warten."

Sie grinste und liebte es, dass er ihren Humor schätzte. „Was jetzt?"

Sanft küsste er sie und stand dann auf. Schatten breiteten sich auf dem Waldboden aus und kündigten den Sonnenuntergang an. „Wir hätten eine andere Zeit und einen anderen Ort finden sollen, um den Bund zu vervollständigen. Hexen sind hinter dir her und Cal ist wahrscheinlich gerade dabei, dem Rudel von dir zu erzählen."

Auch sie stand auf. Die kühle Luft ließ sie erschauern. Der Rausch von dem Bund wurde von Sorge abgelöst. „Können wir wegrennen?"

Er schüttelte den Kopf. „Nicht für immer." Als er sie beobachtete, verstärkte sich das Glühen in seinen Augen. „Ich habe lange gezögert, dich dem Rudel vorzustellen. Ich denke aber, dass es jetzt sicher ist. Als meine Gefährtin stehst du automatisch unter dem Schutz der Gemeinschaft. Du bist kein Außenseiter mehr, was bedeutet, dass sie dich nicht töten dürfen. Ich muss dich also nur vorstellen und erklären, was genau passiert ist."

Ashlyn sah auf ihren nackten Körper. „Ich glaube nicht, dass ich für so ein wichtiges Treffen das Passende anhabe."

Kepler grinste. „Wir können Fell tragen."

Ihrer Wölfin gefiel das. Sie sehnte sich danach, an der Seite von Keplers Tier zu rennen. Ashlyn jedoch hatte Bedenken. „Denkst du wirklich, dass das eine gute Idee ist?"

„Ich will, dass sie deinen Wolf sehen, riechen und hören. Ich werde nicht zulassen, dass sie deine Existenz anzweifeln. Dann sollte es auch egal sein, wie du zum Gestaltwandler wurdest. Zudem kommen wir in unserer Tiergestalt schneller voran."

Zumindest würde sie hier draußen nicht irgendwelche Haustiere angreifen. Sie musste lernen, ihre Wölfin hin und wieder herauszulassen, bevor sie beide den Verstand verloren. Sie nickte und atmete tief ein. „Ich werde mich zuerst verwandeln, falls es zu Problemen kommen sollte."

„Okay." Ermutigend lächelte er, seine Augen so hell wie die Sterne in der Nacht. „Ich kann es nicht erwarten, mit dir zu rennen."

Mit geschlossenen Augen senkte sie die Schutzmauern, die sie errichtet hatte, um ihre Wölfin zu kontrollieren. Das Tier in ihr schwoll an. Ein Funke Magie sprang über Ashlyns Haut. Es fühlte sich großartig an. Einzigartig und aufregend. Gleich würde sie die Welt erneut als Wolf erleben.

Der Geruch nach Asche umgab sie, gefolgt von einem plötzlichen Kopfschmerz. Ihr Wolf presste sich nicht länger gegen ihr Bewusstsein. Ashlyn zog die Augenbrauen zusammen. *Wolf?* Ein Bild von ihrem Tier in Fesseln zeigte sich vor ihrem inneren Auge, helles Fell mit aggressiven, wechselnden Farben.

Dann hörte sie in ihrem Kopf ein lautes, donnerndes Lachen.

13

Kepler bewies Geduld, als er Ashlyn beobachtete. Sie hatte konzentriert die Augenbrauen zusammengezogen. Bisher hatte sie ihre Wölfin gut unter Kontrolle halten können. Ihr Tier herauszulassen, es als Teil von ihr zu akzeptieren, war noch neu für sie. Es könnte also etwas dauern.

Eine Minute verging. Eine Sorgenfalte formte sich zwischen seinen Augenbrauen. „Ashlyn, ist alles okay?"

Ihre Augen öffneten sich, blitzten Violett auf und kehrten dann zu ihrer normalen Augenfarbe zurück – dem menschlichen Blau. „Ja, ich denke schon."

Augenblick … *Violett?* Er runzelte die Stirn. „Was ist los?"

„Nichts." Ihre Stimme klang nicht wie ihre eigene. „Meine Wölfin will sich im Moment jedoch nicht verwandeln. Sie will, dass wir reden."

Er sah ihr tief in die Augen, und versuchte eine Erklärung für ihr plötzliches Verhalten zu finden. *Wir können in Wolfgestalt reden.*

*Kepler? Hilf mir!* Ashlyns Stimme schien von weit weg zu kommen.

Er schüttelte den Kopf. *Ashlyn? Was ist passiert?*

*Ich weiß es nicht. Ich weiß nicht, wo ich bin.* Die Panik in ihrer Stimme brachte seinen Puls zum Rasen.

Tief atmete er bei dem Blick auf die lächelnde Frau ein, die seine Gefährtin darstellen sollte. Der beißende Gestank nach brennender Kohle war nun stärker ausgeprägt. Er wusste nicht viel über die Kreaturen, die nach Darcys Worten durch den Höllenschlund kommen konnten. Was er aber mit hundertprozentiger Sicherheit wusste, war, dass dies nicht Ashlyn war. Sie war von einem Wesen besessen. Von einem Dämon? Er musste das Spiel mitspielen, bis ihm eine Idee kam oder Ashlyn die

Kontrolle über ihren eigenen Körper zurückerlangte.

Das Ding blickte an sich herunter, als bemerkte es erst jetzt, dass es nackt war. „Zuerst sollten wir uns in unserer menschlichen Gestalt besser kennenlernen.“

In seinem Kopf ermutigte er Ashlyn, die Kontrolle wieder an sich zu reißen, während er laut sagte: „Natürlich. Wir sollten uns Kleidung besorgen.“

„Es ist ein wenig kühl hier draußen.“ Wie es schien, hatte die Kreatur keine Ahnung, dass Kepler mit Ashlyn kommunizieren konnte. Der Dämon näherte sich ihm und legte die Hand auf Keplers Brust. Die Venen unter der Haut glühten in einem hellen Violett. „In deiner Nähe wird mir aber immer warm.“

Er gab sein Bestes, nicht zurückzuzucken, und legte seine Hand auf ihre. „Ich ... ähm, muss mich erst ein wenig erholen.“

Der Dämon schien seine Abneigung wahrzunehmen. Seine Augen blitzten erneut mit dem violetten Licht auf und verengten sich. „Du bist klüger, als ich erwartet habe – vor allem für ein Biest.“

Kepler fletschte die Zähne und packte die Kreatur am Arm. „Was zum Teufel bist du und wo ist meine Gefährtin?"

„Ich bin dein neuer Herr und Gebieter." Ein schiefes Lächeln war auf Ashlyns Mund zu sehen. „Du solltest dich geehrt fühlen, mein Gemahl sein zu dürfen."

*Gemahl?* War das der Grund, warum die Kreatur noch nicht weggerannt war, oder versucht hatte, Kepler zu töten? Das Ding brauchte ihn. Kepler schüttelte den Kopf und packte den Ellbogen des Körpers seiner Gefährtin fester. Das schien den Dämon zu erregen, denn er presste sich mit Ashlyns Brüsten an Keplers Oberkörper. „Sehr reizend, wie diese Hülle auf dich reagiert."

Im nächsten Augenblick bebte ihr Körper und sie riss sich aus seinem Griff. Mit den Händen zu Fäusten geballt presste sie die Fingerknöchel gegen ihre Schläfen. „Lass deine Finger von meinem Gefährten!"

Ashlyn schäumte vor Wut. Was wagte sich diese Kreatur, ihren Körper zu benutzen und dann ihren

Gefährten anzugrabschen! Wutentbrannt schrie sie ihren Protest heraus und schaffte es, wieder Herr ihrer Sinne zu werden. Zweige und kleine Steine bohrten sich in ihre Knie. Ein alarmierendes Gefühl stahl ihr den Atem und die wiedererlangte Kontrolle wurde ihr erneut entrissen.

Ashlyn kämpfte gegen die Kraft an, die sie in eine Ecke ihres Bewusstseins drängte. *Wie ist es möglich, dass mich diese Kreatur aus meinem eigenen Körper verbannt?* Ihre Wölfin hatte das bei Verwandlungen auch getan, aber nicht auf diese Weise. Sie konnte sich nicht länger bewegen, konnte nicht sprechen und ihr Blick auf Kepler war eingeschränkt.

Seine Stimme erreichte sie rauschend, als würde sie hinter einem Wasserfall stehen. „Ashlyn, bist du noch da drin? Benutze deine Wölfin! Wehre dich! Schmeiß den Dämon raus!"

Dämon? Brauchten Dämonen nicht eine Erlaubnis? Oder verwechselte sie das gerade mit Vampiren? Sie erinnerte sich nicht. Gegen die Kraft ankämpfend, die sie fesselte, schrie sie: *Verschwinde!*

Eine angewiderte Stimme antwortete ihr: *Ich bin kein Dämon. Eure Art nennt mich Agathioner. Zu kämpfen, bringt nichts. Wir werden mehr Spaß haben, wenn wir an einem Strang ziehen.*

Sie musste das Wesen loswerden. Wo war ihr Wolf? Sie änderte ihre Vorgehensweise und suchte nach ihrem Tier. Die Kreatur, die über ihren Körper herrschte, hatte ihren Wolf umgepflanzt. *Was hast du mit meiner Wölfin angestellt?*

Der Dämon antwortete nicht. Wie es schien, war er damit beschäftigt, Keplers Angriffe abzuwehren. Durch das beschränkte Sichtfeld beobachtete sie, wie ihr Körper beide Hände ausstreckte und zwei Blitze auf Keplers Brust warf.

Ihr Gefährte flog nach hinten und landete mit dem Rücken auf dem Waldboden, wo er unbeweglich zum Liegen kam.

War er tot? Von Panik eingenommen, wehrte sie sich gegen den Agathioner.

Indessen näherte sich ihr Körper ihrem Gefährten. „Ich hatte gehofft, meine erste Seele in Ruhe genießen zu können, aber vielleicht ist das genau der richtige Start für meinen Aufenthalt auf der Erde."

Ashlyn wusste nicht, was das bedeutete. Gut klang es jedenfalls nicht. *Kepler, wach auf!*

Der Agathioner setzte sich rittlings auf Kepler und platzierte die Hände auf seiner Brust. Sie spürte einen Hauch von Befriedigung, nicht ihre eigene, sondern die des Wesens, als es Keplers perfekte, goldene Energie in sich aufnahm. „Die Energie dieses Mannes ist stark!" Seine Stimme klang aufgedreht. „Pures Ambrosia."

Kepler war wehrlos. Sie musste etwas unternehmen. Mit neuer Entschlossenheit brach sie aus, gewann die Kontrolle über ihren Körper zurück und starrte auf das geschockte Gesicht ihres Gefährten.

Er fletschte seine Zähne und die Luft war von goldenen Funken angefüllt, als Keplers Wolf unter ihr materialisierte. Eine Sekunde später buckelte er und warf sie von sich. Sie landete auf dem harten Waldboden.

In ihrem Kopf brüllte eine donnernde Stimme: *Das reicht!* Im nächsten Moment wurde sie von einem violetten Licht geblendet. Kepler und die Welt um sie herum verschwanden in einem Wirbelwind aus Farben und Formen.

Ein kantiges Gesicht in der Gestalt eines Busses schwebte über ihr. Der Moment erinnerte sie an den Film *Der Zauberer von Oz*. Ihr Humor ebbte dahin, als der Agathioner das Wort erhob und dabei seine schrägen Zähne offenbarte. „Ich schlage vor, dass du dich beruhigst." Seine lavendelfarbenen Augen blitzten auf. „Schließlich willst du nicht, dass die anderen von deiner Anwesenheit erfahren."

*Die anderen.* Sie erschauerte. Sie sah sich um, noch immer unfähig, sich ihre Umgebung logisch zu erklären. „Welche anderen? Wo bin ich?"

„Dummer Mensch. So ahnungslos. So hilflos an deine banale Ebene der Existenz gebunden." Das Gesicht kam näher und sie nahm den Geruch von versengtem Haar wahr. „Glaube mir einfach, wenn ich sage, dass du nicht willst, dass die Wesen in dieser Dimension ein Interesse an einer gestrandeten Menschenseele finden."

Ashlyn lehnte sich zurück und versuchte zu erreichen, dass sich die Farben und Formen verdichteten. Sie fühlte sich wie ein Drachen im Herbstwind. Ihr wurde schwindelig. Merkwürdige Laute umgaben sie. Es klopfte und trällerte und schwirrte. Die Geräusche hatten keinen Ursprung. Das Einzige, was real schien, war ihre Verbindung zu Kepler. *Kepler, geht's dir gut?*

Sie konnte seine Verwirrung fühlen, als er antwortete: *Ich bin dem Wesen entkommen. Was geht hier vor sich?*

*Es nennt sich Agathioner. Es hat versucht, deine Seele zu essen.* Ashlyns Kehle schnürte sich zu. *Ich kann es nicht besiegen. Es hat mich aus meinem eigenen Körper geworfen.*

*Ich werde Hilfe finden.*

Ashlyn wusste, was passieren musste. Das Monster, das ihren Körper kontrollierte, musste getötet werden. *Sie* musste getötet werden. *Töte mich, bevor ich noch jemanden verletzen kann.*

*Nein, die Hexen haben dir das angetan. Vielleicht wissen sie auch, wie sie dir helfen können.*

*Dafür ist keine Zeit. Dieses Monster darf nicht die Stadt erreichen.*

Sie konnte seine Angst durch die Verbindung spüren. Bestimmt fühlte er auch ihre. Sie hatten sich doch gerade erst gefunden, hatten eine gemeinsame Zukunft gesehen und nun schien alles verloren. Es gab keine andere Möglichkeit. *Versprich es mir, Kepler.*

Nach einer kurzen Pause schickte er: *Ich verspreche dir, dass ich nicht zulasse, dass du noch jemanden verletzt.*

Mehr wollte sie gar nicht. Sie schloss die Augen und dachte an ihre Wölfin. Hatte der Agathioner ihr Tier umgebracht? Sie erinnerte sich an die Fesseln. Vielleicht war ihre Wölfin also noch am Leben. *Wolf, wo bist du?*

Ein schwermütiges Heulen wehte über den gruseligen Lauten an diesem Ort zu ihr. Sie stolperte vorwärts. Wenn sie sich auf ihren Wolf konzentrierte, wirkte ihre Umgebung standfester. Der Boden festigte sich zu Stein, aber die Welt – Dimension hatte es der Agathioner genannt – erschien ihr fremd. Ihre Sinne waren verdreht. Dinge, die sie sehen sollte, schmeckte oder roch sie. Ihr Tastsinn übersetzte hin und wieder Farben oder Klänge. Zumindest war sie bisher keinen anderen Monstern über den Weg gelaufen.

Noch nicht.

Sie schob sich durch eine Masse, die an gelben Schaum erinnerte und stoppte an einem vibrierenden Drahtseil, das über einen Fluss aus Magma gespannt war. Von der anderen Seite hörte sie ihren Wolf nach ihr rufen. Sie setzte einen Zeh auf das Drahtseil und nahm den Duft nach Schokolade wahr. *Was zum Teufel ...* Es fühlte sich an, als würde sie ein Kinderspiel spielen, das vollkommen aus dem Ruder gelaufen war.

Mit überraschender Leichtigkeit überquerte sie den Fluss und hielt vor einer schwebenden, grünen Sphäre an. Das Ding zu beobachten, führte bei ihr zu einem Knick in der Optik. Also schloss sie die Augen und lief weiter. Der Duft von Anis wehte an ihr vorbei. Sie fühlte den Geruch innehalten. Dann kam er zu ihr zurück. Etwas daran ließ ihr das Blut in den Adern gefrieren. Es fühlte sich an, als hätte sie ungewollt die Aufmerksamkeit einer Kreatur auf sich gezogen. Ihre Wölfin heulte. Eine Warnung. Kurzerhand rannte Ashlyn los.

Hinter ihr konnte sie den Anisduft noch immer wahrnehmen. Und er kam näher. *Scheiße, scheiße, scheiße. Was ist das?*

Nicht weit vor ihr strahlte ein immergrüner Lichtstreifen in der ansonsten unstetigen Landschaft. Von dort kam das Heulen ihrer Wölfin. Sie rief nach Ashlyn. Mit dem Anisgeruch dicht auf den Fersen sprang sie darauf zu und landete in der Finsternis.

Für einen Moment bewegte sie sich nicht, lag ganz still, da sie keine Ahnung hatte, was gerade passiert war. *Lebe ich noch?*

Ein sanftes Winseln erreichte sie und sie hob den Kopf. Aus der Dunkelheit beobachteten sie zwei glühende blaue Augen.

„Wolf!" Ashlyns Stimme hallte, als befände sie sich in einer Höhle. Über einen steinigen Untergrund krabbelte sie nach vorn. „Alles okay."

Eine lange pinke Zunge traf auf ihr Gesicht.

Hoffnung blühte in ihr auf. Gemeinsam waren sie vielleicht stark genug, um den Agathioner aus ihrem Körper zu verbannen. Gesetzt dem Fall, dass Kepler sie noch nicht getötet hatte. Das würde sie doch sicher fühlen, oder? Bis dahin ging sie davon aus, dass sie lebte.

Sie schlang die Arme um den Hals der Wölfin und ließ sie wissen: „Ich bin so froh, dass du noch lebst. Bist du bereit, mir bei dem Kampf gegen dieses Monster zu helfen?"

Der Wolf rieb seine weiche Wange an ihrer und winselte.

Ashlyn fuhr mit den Händen über das Band um den Hals der Wölfin. Davon ab ging eine dicke Kette, die an der Höhlenwand an eine Metallplatte befestigt war. Das einzige Licht kam von den Augen der Wölfin. Dennoch sah sie in der Platte ein Schlüsselloch.

Sie erinnerte sich, wie Kepler das Schloss ihres Apartments aufgebrochen hatte und schickte ihm gedanklich: *Kepler, kannst du mich hören?*

Er antwortete nicht. Wieder wurde ihr schlecht. Ihr kam ein grauenvoller Gedanke. Hatte der Agathioner ihn erwischt? Vielleicht blockierte die Höhle auch nur den Empfang. Sie sah sich um, hoffte auf eine Tür. Einen Schlüssel. Einen magischen Knopf, auf dem *Auswerfen* stand. Irgendetwas Hilfreiches.

Die Finsternis schien jedoch undurchdringlich.

Die Wölfin lehnte sich vor. Sie hatte etwas in ihrem Maul und ließ es auf Ashlyns Schoß fallen. Das Ding zappelte.

Ashlyn zuckte, wollte, was auch immer es war, von sich werfen. Aufgehalten wurde sie von einem plötzlichen Beschützerinstinkt, der von ihrer Wölfin zu kommen schien. In dem gedämpften Licht der

Augen erkannte sie ein einäugiges Frettchen. Die winzige Kreatur bebte auf ihrem Schoß, als erwartete es einen Schlag.

„Oh, du Süßer", sagte Ashlyn. „Bist du auch hier gefangen?"

Das Frettchen nickte.

Ashlyn war überrascht, dass ihr das Tier antwortete. Andererseits war auch ihr Wolf kein normaler Wolf. Es sollte sie also nicht überraschen. „Bist du ein Gestaltwandlertier?"

Das Frettchen schüttelte mit dem Kopf.

„Weißt du, wie wir diesem Ort entfliehen können?"

Das Tier wies mit dem Kopf nach rechts und Ashlyn folgte der Richtung. Dann sprang das Frettchen von ihrem Schoß und stupste mit einer Pfote gegen ihr Bein.

Mit den Fingern in dem Fell des Wolfes sagte sie: „Ich denke, es will, dass ich ihm folge."

Ihr Wolf stieß ermutigend mit der Nase gegen ihre Schulter.

Ihr Magen rebellierte, als sie aufstand. Das Frettchen rannte voraus, verschwand in der Dunkelheit. Nach einer Weile entdeckte sie es, da sein verbliebenes Auge in der Finsternis wie ein Stern aufblitzte.

Ashlyn folgte dem Frettchen mit Bedacht. Schließlich war der Boden uneben und es war stockdunkel. Sie hatte keine Ahnung, wie das kleine Kerlchen so schnell vorankam. Alle paar Schritte drehte es sich um und wartete, bis Ashlyn aufgeholt hatte. Sie näherten sich einem orangenen Kreis. Nach einer Weile wurde ihr klar, dass es sich um eine Ansammlung aus kniehohen Pilzen handelte.

Das Frettchen stoppte und erhob sich auf seine Hinterpfoten, um über die Pilzköpfe hinweg zu sehen.

Etwas an dem Kreis machte sie schwummrig. „Okay, es wird immer merkwürdiger. Was ist das? Ein Feenkreis?"

Das Frettchen lief den Umriss ab und hielt auf ihrer anderen Seite an. Wieder richtete es sich auf seine Hinterpfoten auf und schaute in den Kreis.

„Soll ich in die Mitte treten?" Der Gedanke allein führte zu dem Bedürfnis, sich zu übergeben.

Das Frettchen kratzte mit der Pfote über ihren Fußspann.

„Das ist wohl ein Ja." Begleitet von einem Seufzer blickte Ashlyn über ihre Schulter. Sie konnte ihre Wölfin nicht länger sehen. Ihre beruhigende Präsenz war jedoch allgegenwärtig. Also trat sie mit dem rechten Fuß in den Pilzkreis, der Ashlyn genauso gut an einen anderen Ort schicken könnte. Was, wenn sie niemals zurückkam?

Wieder spürte sie die Pfote des Frettchens auf ihrem Fuß.

Sie lehnte sich zur Seite und hob das Tier in ihre Arme. Sein Fell war weicher, als sie das erwartet hatte. Das Frettchen war jedoch viel zu dünn. Schmerzerfüllt entließ es ein Quietschen. Sie war nicht grob vorgegangen, versuchte aber, es zu besänftigen. „Ich werde dir nicht wehtun. Du musst mich begleiten."

Das Tier senkte resigniert den Kopf.

Ashlyn wappnete sich und trat dann mit dem zweiten Fuß in den Kreis.

14

Auf keinen Fall würde Kepler erlauben, dass Ashlyn starb. Eine Hexe hatte ihren Zustand verursacht, eine Hexe konnte es reparieren. Etwas anderes würde er nicht zulassen. Unter Ästen duckend und über Büsche springend rannte er direkt auf den Zaun zu, hinter dem der Zirkel verborgen lag. *Ashlyn, wie heißt deine Hexenfreundin?*

Sie antwortete nicht.

Er bremste und suchte nach der mentalen Verbindung zu ihr. Nichts. Ein ungutes Gefühl breitete sich in ihm aus. Darcys Warnung über Monster im Höllenschlund kam zu ihm zurück. Ashlyn war allein in der anderen Dimension. Er warf einen Blick auf die Richtung, aus der er gekommen war und musste sich eingestehen, dass er ihren Körper einem Monster überlassen hatte. Agathioner hatte sie es genannt. Kepler hatte nur zwei Möglichkeiten gehabt: Sie töten oder sie zurücklassen. Er betete, dass die Hexen wussten, was ein Agathioner war. Er legte seinen Kopf in den Nacken und heulte seine Frustration hinaus, bevor er seinen Weg fortsetzte.

Trotz seiner schnellen Heilung brannte seine Brust noch immer, wo der Dämon ihn berührt hatte. Noch nie hatte er sich dem Tod so nah gefühlt wie in diesem Moment. Wenn sein Wolf nicht übernommen hätte, wäre er jetzt wahrscheinlich tot. Wer dem Agathioner in die Quere kam, musste mit dem Leben bezahlen. Das bedeutete, dass nicht nur seine Gefährtin in Gefahr war.

Er erreichte den gusseisernen Zaun und folgte ihm bis zu dem Tor. Indessen betete er, dass die Hexen wussten, wie sie das Ding aus Ashlyn verbannen konnten. *Ich hätte Darcy bitten sollen, mich dem Zirkel vorzustellen.* Er kannte die ansässigen Hexen nicht und hatte keine Ahnung, ob sie freundlich gesinnt waren. Ashlyn schien zu denken, dass sie helfen wollten. Mit Rückendeckung würde er allerdings selbstbewusster das Revier der Hexen betreten.

*Cal, hörst du mich?* Verzweifelt suchte er nach der Verbindung, die er vorhin mit ihm geteilt hatte. *Ich brauche deine Hilfe.*

Erleichtert atmete er aus, als Cal antwortete: *Ich bin froh, dass du zur Vernunft gekommen bist. Was ist passiert?*

*Ashlyn wollte sich verwandeln, aber es ist etwas schiefgelaufen. Ich denke, dass anstelle ihrer Wölfin ein Dämon durchkam.*

*Scheiße. Okay, Finch und ich sind gleich bei dir.*

Finch? Der Grizzly? Das war nun wirklich die letzte Person, die er erwartet hatte. *Was ist mit dem Rudel?*

*Ich habe darüber nachgedacht, was du gesagt hast. Wir brauchen besonnene Wandler. Zudem folge ich damit der Befehlskette.* Was bedeutete, dass er sich bei dem Regionaldirektor Pluspunkte verdienen wollte. Bevor Kepler antworten konnte, sagte Cal in einem ernsten Ton: *Was zum Teufel ist dieser furchtbare Gestank?*

*Scheiße.* Kepler erkannte, dass Cal zu der Stelle zurückgekehrt war, an dem er ihn zuletzt gesehen hatte. Das bedeutete, dass es ihn zu dem Dämon brachte. *Geh nicht weiter. Das ist der Dämon. Gehe nicht zu dem Ort, wo du Ashlyn und mich zurückgelassen hast. Komm zu dem Anwesen der Hexen.*

*Die Hexen? Sind sie es nicht, die die ganze Sache erst ins Rollen gebracht haben?*

*Ich denke nicht, dass es diese Hexen waren. Ich hoffe jedoch, dass sie wissen, wie wir den Dämon loswerden.* Kepler nahm seine Menschengestalt an und näherte sich dem Bedienfeld. *Was auch immer ihr tut, bleibt Ashlyn fern, bis wir die Hexen auf unserer Seite haben.*

*Fuck, Kepler, ich hoffe wirklich, dass sie es wert ist.*

*Das ist sie.* Kepler streckte die Hand nach der Klingel aus. Bevor er sie betätigen konnte, schwang das Tor auf. Natürlich erwarteten ihn die Hexen bereits. Nackt wie Gott in schuf, marschierte er über die Einfahrt. Sein Wolf lauerte direkt unter der Oberfläche, falls etwas schiefgehen sollte.

Auf der Veranda des großen, grauen Anwesens wartete eine Gruppe Frauen. Eine von ihnen rannte mit einer Fleecedecke auf ihn zu. Als sie einen Blick auf seinen Schwanz erhaschte, lief sie feuerrot an. Er akzeptierte die Decke, wickelte sie um seine Hüfte und sah dann zu dem Zirkel. „Ihr wusstet, dass ich komme."

Eine ältere Frau an der Spitze der Gruppe nickte, ihr Ausdruck ernst und behutsam. „Wir haben dich auf den Überwachungsaufnahmen gesehen, als du das erste Mal weggerannt bist. Ich heiße Tessa. Ich führe diesen Zirkel." Ihre Aufmerksamkeit wanderte zu dem Tor, das sich hinter ihm geschlossen hatte. „Wo sind die anderen beiden?"

„Cal wollte das Rudel informieren." Er hielt es für das Beste, die Hexen im Glauben zu lassen, dass er Verstärkung hatte. „Aber Ashlyn, meine Gefährtin, scheint von einem Dämon besessen zu sein."

Ausdrücke der Verzweiflung waren von den Hexen zu vernehmen. „Wir sind zu spät."

„Der Agathioner ist frei?"

„Das ist ein Desaster."

Tessa hob die rechte Hand und es trat Stille ein. „Danke für die Information. Für deine Sicherheit darfst du gerne auf dem Gelände bleiben. Wir werden uns jetzt um die Sache kümmern."

Kepler stemmte die Hände in die Hüften. „Auf keinen Fall. Schließlich geht es hier um meine Gefährtin."

Wieder brach Gemurmel in der Gruppe aus. Die ältere Hexe zog die Augenbrauen nach oben. „Die Frau oder der Mann?"

„Die Frau. Ashlyn."

„Bist du dir sicher? Sie gehört nicht zu eurer Art."

„Natürlich bin ich mir sicher." Er hasste es, dass die übernatürliche Gemeinde ständig einen Keil zwischen die verschiedenen Gruppen trieb. Wenn sich nicht gerade ein Rudel mit einem anderen Rudel stritt, waren es Wölfe gegen Bären oder Gestaltwandler gegen Hexen. Davon hatte er wirklich die Schnauze voll. „Eine Hexe aus euren Reihen hat sie verflucht, also gehe ich stark in der Annahme, dass eine von euch den Fluch aufheben kann."

Mit Bedauern in ihrem Ausdruck schüttelte sie den Kopf. „Wir haben den Schuldigen festgenommen und sie wird für ihre Taten bezahlen. Das verspreche ich dir. Allerdings gibt es keine Möglichkeit, den Zauber aufzuheben. Wir müssen den Wirt zerstören, bevor der Dämon noch stärker wird."

Eine dunkelhaarige Hexe trat nach vorn und funkelte die Anführerin wütend an. „Sie ist mehr als ein Wirt. Ihr Name ist Ashlyn und sie ist meine

Freundin. Für das, was mit ihr passiert ist, fühle ich mich zum Teil verantwortlich."

„Es war nicht deine Schuld", beharrte Tessa.

„Ich habe Jen zu mir eingeladen." Muffy zeigte auf sich selbst. „Ich habe sie beide zu meiner Party eingeladen. Es ist genau vor meinen Augen passiert. Ich bin eine furchtbare Hexe und eine furchtbare Schwester. Ich hätte es kommen sehen müssen."

Kepler ballte die Hände zu Fäusten. „Deine Schwester ist die Hexe, die Abtrünnige erschaffen hat?", fragte er. Sein Wolf hatte das Bedürfnis, jemandem die Kehle rauszureißen. *Wir brauchen sie lebendig, damit sie Ashlyn helfen können*, erinnerte er sein Tier. „Kann sie den Fluch aufheben?"

Mit einem genervten Blick zu Muffy sagte Tessa: „Du redest zu viel. Er gehört nicht dem Zirkel an. Es gibt nichts, das Jen oder der Rest von uns tun können."

Frustriert warf Muffy die Arme in die Höhe. „Sie will die Sache richten. Dafür musst du aber mit ihr reden!"

„Ihre Vorschläge laufen alle auf verbotene Magie hinaus", sagte Tessa.

Kepler stieg die Stufen empor und hielt direkt vor Tessa an, sodass einige der Hexen angsterfüllt nach hinten stolperten. „Lass mich mit der Hexe sprechen, die für den Zustand meiner Gefährtin verantwortlich ist."

Muffy war die Einzige, die noch neben der Zirkelanführerin stand. „Es geht ihn genauso etwas an. Die beiden sind Gefährten. Wäre ich in Schwierigkeiten, würde ich mir auch von Jonathan wünschen, dass er alles versucht, um mir zu helfen."

Tessas Augen wechselten zwischen Kepler und Muffy. „Unmöglich."

„Die Hexe, die den Agathioner heraufbeschworen hat, muss seine Schwächen kennen", presste Kepler heraus. „Ich will mit ihr sprechen."

Die Eingangstür öffnete sich und eine Blondine erschien. „Tessa, vor dem Tor steht ein Wandler, der behauptet zu den State Troopern zu gehören. Was soll ich machen?"

Tessa rollte mit den Augen. „Ich habe gehofft, diese Angelegenheit intern zu regeln, aber wie ich sehe, wurde es bereits über die Grenzen des Zirkels hinausgetragen. Lass ihn rein."

Ein paar Sekunden später gesellten sich Finch und Cal zu ihm. Auch sie waren beide nackt. Finch sprach in einem tiefen Ton, während er die Hände diskret über seinem Schritt platzierte. Sein Blick lag auf Tessa. „Tut mir leid, aber im Moment habe ich meine Marke nicht bei mir, Ma'am."

„Wir haben andere Möglichkeiten, um die Identitäten von Besuchern zu verifizieren, Mr. Finch." Ihre Augen blieben an seinem Gesicht haften, während die jüngeren Hexen die nackten Männer mit offensichtlichem Interesse begutachteten. Tessa wandte sich dem Haus zu. „Folgt mir, Gentlemen."

Im Gebäude wurden Cal und Finch Decken überreicht. Anschließend folgten sie Tessa zu einer niedrigen Tür. Die Hexe sah über ihre Schulter. „Mein Schutzzauber wurde beschädigt und dieser hier ist zerbrechlich. Achtet bitte darauf, dass ihr nicht die Steine übertretet."

Sie stieg eine schmale Treppe in den Keller hinunter. Kepler musste sich ducken, um mit dem Kopf nicht gegen die Balken zu stoßen. Obwohl der Bereich trocken wirkte, roch es doch nach Erde und Pflanzensaft. Ganz deutlich konnte er Pilze wahrnehmen. In regelmäßigen Abständen hingen einzelne Glühlampen, die einen Steinkreis offenbarten. In der Mitte saß eine Frau auf einem Holzstuhl.

Kepler hatte erwartet, dass sie gefesselt sein würde. Ihre Hände, in denen sie mehrere Taschentücher hielt, ruhten jedoch auf ihrem Schoß. Als sich die Gruppe näherte, hob sie den Kopf. Ihre langen kastanienbraunen Haare hingen schlaff um ihr kreidebleiches Gesicht und ihre rot unterlaufenen Augen waren der Beweis, dass sie geweint hatte.

Muffy rannte nach vorn, hielt jedoch vor dem Steinkreis an. „Jen, der Agathioner –"

„Ich weiß. Hamilton hat es mir erzählt."

Kepler runzelte die Stirn. „Wer ist Hamilton?" Seit seiner Ankunft waren ihm keine männlichen Hexen aufgefallen.

„Jens Vertrauter." Muffy wandte sich ihm zu, ihre Augen mit Sorge gefüllt. „Der Agathioner hat ihn in seiner Gewalt und –"

„Muffy." Tessas Ton hielt eine Warnung bereit.

Muffy nickte und ging aus dem Weg, sodass die anderen in dem begrenzten Bereich nach vorn treten konnten. Cals Augen waren weit aufgerissen und er entschied, im Hintergrund zu bleiben.

Indessen bewegte sich Finch mit ihm auf die Hexe zu.

Er stoppte erst, als seine nackten Zehen fast den Steinkreis berührten. Von dort starrte er die Hexe nieder. Endlich stand er der Person gegenüber, die für die Taten verantwortlich war. Jahrelang konnte sie ihm immer wieder entwischen. Er hatte so viele Fragen. Nur eine davon spielte noch eine Rolle. „Wie verbanne ich den Agathioner?"

Finch stemmte seine riesigen Fäuste in die Hüften. „Und warum willst du uns plötzlich helfen?"

Jen schüttelte den Kopf, ihre Lippen fest aufeinandergepresst. „Er hat meinen Vertrauten entführt und hat das Versprechen gebrochen, ihn mir nach dem Zauber zurückzugeben." Sie sah an den Gestaltwandlern vorbei zu der Zirkelanführerin. „Leider kann ich den Agathioner nicht in seine Welt zurückschicken, weil ich dafür verbotene Magie einsetzen müsste."

Tessas Arme waren vor ihrer Brust verschränkt, ihr Ausdruck grimmig. „Diese Art Magie ist aus gutem Grund verboten. Sie öffnet Höllenschlunde. Wer weiß, was sich dann Zugang zu dieser Welt verschafft. Selbst wenn ich dir gestatte, es zu versuchen, fehlen dir die nötigen Zutaten."

„Wenn das der einzige Weg ist, um Ashlyn zurückzuholen, müssen wir es tun", sagte Kepler mit einem Blick zu Jen. „Von was für Zutaten reden wir? Sag es mir und ich besorge sie dir."

„Ich brauche eine Gewebeprobe von dem Wesen, das der Zauber treffen soll. Blut, Haut oder Haare."

„Das ist einfach." Kepler atmete erleichtert aus. „Ich kann zu Ashlyns Apartment gehen und dir ihren Kamm oder ihre Zahnbürste bringen."

Jen schüttelte den Kopf. „Alte Gewebeproben funktionieren nicht. Wir brauchen sie von dem Körper, der gerade als Wirt genutzt wird."

Tessa fügte hinzu: „Der Agathioner weiß das. Falls er dich nicht sofort tötet, wird er trotzdem nicht erlauben, dass du etwas von ihm mitnimmst, was zu seinem Untergang führen könnte."

Kepler knirschte mit den Zähnen. Er erinnerte sich an die violetten Venen auf Ashlyns Haut und wie nah er dem Tod gekommen war, als das Wesen ihn berührt hatte. Jedoch weigerte er sich, aufzugeben.

„Ich denke, dass ich ihm nah genug kommen kann. Er hat mich seinen Gemahl genannt."

Jen sah ihn schockiert an. „Du bist Ashlyns Gefährte?"

„Ja." Bei seiner Antwort ließ er einen seiner Fangzähne aufblitzen.

Sie schluckte sichtbar. „Dann wird dir der Dämon vielleicht wirklich erlauben, sich ihm zu nähern. Für eine kurze Zeit. Das Problem besteht wohl darin, von ihm wegzukommen."

Kepler verzog das Gesicht und nickte. Eine Hand hob er zu den empfindlichen Narben, die die Kreatur bei ihm verursacht hatte. „Vielleicht sollte ich nicht versuchen, zu fliehen. Ist es möglich, dass du alles vorbereitest, sodass ich den Zauber vor Ort aussprechen kann?"

Nachdenklich blickte sie über seine Schulter. „Wir haben noch die Scherben mit ihrem Wolfsblut. Wenn ich daraus eine Klinge mache und du das Blut mit dem Wirt vermischst –"

„Der Wirt ist menschlich", unterbrach Tessa. „Ihr fehlt die Erfahrung und das Wissen, um auf einen Höllenschlund angemessen zu reagieren. Wir können nicht riskieren, dass sich etwas Gefährlicheres in unsere Welt stiehlt."

Kepler konnte sich nicht entscheiden, wen er mehr hasste. Jen, da sie Ashlyn verflucht hatte. Oder Tessa, da sie ständig seine Rettungspläne ruinieren musste. „Ashlyns Wölfin ist ein Alpha. Sie wird wissen, was zu tun ist."

Tessa betrachtete ihn mitleidig. „Für den Zauber, der den Agathioner in diese Welt gelassen hatte, musste Jen den Wolf fesseln. Ashlyn steht allein da."

Der Gedanke, dass Ashlyn ohne Hilfe auf der anderen Seite war, brach ihm das Herz. Was, wenn Ashlyn bereits tot war? *Ashlyn, bitte antworte mir.* Er gab sein Bestes, um die natürliche Verbindung zwischen ihnen wieder aufleben zu lassen.

Keine Antwort.

Trotz allem verteidigte er Ashlyn. „Meine Gefährtin ist klug. Sieht sie das Portal, wird sie wissen, was zu tun ist."

Nervig gelassen sagte Jen: „Vielleicht ist sie sogar in der Lage, ihren Wolf zu befreien. Hamilton ist bei ihr."

Ein Hoffnungsschimmer, den Kepler dringend gebraucht hatte. Er wandte sich Tessa zu. „Wir müssen es versuchen."

Tessa seufzte. „Und wenn wir versagen?"

Zuerst sah er zu Finch, der ihm zunickte. Cal schien die Sache weniger zu gefallen, aber auch er nickte. Sie kannten den Einsatz. Sie wussten, was getan werden musste.

Kepler kämpfte gegen die eisige Kälte in seinen Venen an und antwortete: „Wenn wir versagen, werden wir sie töten."

Mit angehaltenem Atem trat Ashlyn über die Pilze und in den Kreis. Sie blinzelte und fand sich plötzlich in einem Studierzimmer. *Ich hatte recht; es war ein Portal.* Sie sah über ihre Schulter und war erleichtert, eine offene Holztür zu sehen, hinter der die Dunkelheit lag. *Das muss die Öffnung sein, durch die ich gerade getreten bin.* Dieser Ort war einfach merkwürdig.

Im Raum befand sich ein Sekretär, ein klappriger Holzstuhl und Bücherregale. Das Licht in dem Zimmer legte einen orangenen Nebel auf alles. Was sie am meisten erstaunte, waren die Unmengen an präparierten Tierköpfen, die jede Wand schmückten. Bei einigen handelte es sich um bekannte Tiere von der Erde und wieder andere zeigten groteske Hörner, zusätzliche Augen oder eine zweite Reihe Zähne.

Wie einen Teddybär schmiegte sie den winzigen Frettchenkörper enger an ihre Brust. „Was soll ich hier machen?"

Das Tier zappelte, also ließ sie es herunter. Es steuerte auf den Stuhl zu und sprang von der Sitzfläche auf das Bücherregal, von wo es nach oben kletterte. Lebte hier der Dämon, der von ihrem Körper die Kontrolle erfasst hatte? Sie lief auf den Sekretär zu, doch ihre Schritte stoppten, als sie den Kopf eines Mannes an der Wand entdeckte. Seine lockigen Haare und der verzerrte Ausdruck kamen ihr bekannt vor. Der Gestaltwandler aus der Gasse. Ihr wurde schlecht.

Das Frettchen biss sich an einem Buch fest und zog es hoch oben aus dem Regal. Ashlyn zwang sich, den Blick von der Ansammlung aus Köpfen zu nehmen, um dem Kleinen mit dem Buch zu helfen. In dem merkwürdigen orangenen Licht wirkte das Buch rot. Der Einband fühlte sich samtweich und doch glitschig an. Ihr Magen rebellierte bei dem Gedanken, aus was es hergestellt wurde. Weder auf der Vorderseite noch auf dem Buchrücken waren Worte zu sehen.

Also öffnete sie das Buch und blickte auf leere Seiten. Ein Geruch, der an Haferbrei erinnerte, wehte an ihre Nase. Als sie umblätterte, veränderte sich der Duft zu Dieselabgasen, Erdbeeren, Lagerfeuer ... Jede Seite bestach mit einer neuen Duftnote, wo eigentlich Wörter sein sollten. Stirnrunzelnd sah sie zu dem Frettchen. „Was ist das?"

Das Tier krabbelte zurück, landete auf dem Sekretär und kratzte an dem geschlossenen Teil des Möbelstücks.

Ashlyn klappte das Buch zu und ging zu dem Frettchen. Das Fach ließ sich geschmeidig öffnen und offenbarte einen Arbeitsbereich, der an einen OP-Tisch erinnerte. Blutige Instrumente lagen fein säuberlich aufgereiht. Entsetzt stolperte sie mehrere Schritte zurück.

Das Frettchen schob mit der Nase ein Skalpell in ihre Richtung.

„Was soll ich damit machen?" Ashlyn hob den Blick zu den Köpfen, die ausdruckslos geradeaus starrten.

Auf keinen Fall würde sie Körperteile von jemandem oder irgendetwas abschneiden.

Das Frettchen hob sich auf die Hinterbeine und wies mit einer Vorderpfote auf das Buch in ihrer Hand.

„Oh, du willst, dass ich das Buch zerschneide?" Das hässliche Ding auseinanderzunehmen, fühlte sich richtig an. Sie schob die restlichen Instrumente zur Seite und legte das Buch auf den Sekretär. Anschließend griff sie nach dem Skalpell und hielt es über dem Buch.

Das Frettchen sprang nach vorn und biss ihr in das Handgelenk.

„Au! Warum hast du das gemacht?"

Es kratzte an dem Buch, bis es aufklappte, blätterte durch die Seiten und stoppte auf einer, die einen vertrauten Geruch abgab. Wildblumen. Honig. Wolf.

Ihre Augen weiteten sich. „Meine Wölfin?"

Mit einer Kralle machte das Frettchen eine schneidende Bewegung entlang der Mitte.

Ashlyn sah von dem Skalpell zu dem Buch. „Ich soll die Seite herausschneiden?"

Das Frettchen ging auf Abstand.

„Na gut …" Sie leckte sich über die Lippen, atmete tief ein und legte das Skalpell an. Als ihr Begleiter keinen Einspruch erhob, schnitt sie die Seite durch.

Erwartet hatte sie, dass sie dabei etwas empfand, etwas sah, aber nichts passierte. „Und jetzt?"

Das Frettchen schob die Seite zu ihr, also hob sie diese auf. Dann sprang das Tier vom Schreibtisch und rannte zur Tür. Dort drehte es sich um und starrte sie erwartungsvoll an. Okay, sie sollte ihm folgen. Sie wickelte die Seite um das Skalpell und hielt beides in einer Hand.

Es kam ihr ein Gedanke. „Was ist mit dir? Ist in diesem Raum etwas, das dir helfen kann?"

Das Frettchen schüttelte den Kopf und näherte sich der Öffnung.

Sie empfand Mitleid für den Kleinen und hob ihn auf. Dieses Mal zuckte er nicht. Die Dunkelheit hinter der Türschwelle war furchterregend. Jedoch wusste sie, dass ihre Wölfin auf der anderen Seite auf sie wartete. Nach einem letzten Blick in den merkwürdigen Raum trat sie durch das Portal und fand sich wieder inmitten des Pilzkreises.

„Ich bin auf dem Weg, Wolf!", schrie sie.

Irgendwo in der Finsternis winselte ihre Wölfin. Ashlyn folgte dem Laut, bis sie das Leuchten ihrer blauen Augen sah. An der Seite ihres Tieres setzte sie das Frettchen ab und kniete sich auf den Boden. „Ich habe das hier mitgebracht."

Sie rollte die Seite auf, das Skalpell nun in ihrer anderen Hand. Überraschenderweise war die Seite nicht länger ein Blatt Papier. Es hatte sich zu einem Blatt von einem Baum mit einem langen gezackten Stiel gemustert. Nein, kein Stiel. Sie wandte sich dem Frettchen zu. „Ein Schlüssel."

Das Frettchen nickte und stemmte sich mit den Vorderpfoten gegen die Wand, an der die schwere Kette ihren Wolf gefangen hielt.

„Langsam fühle ich mich wie Alice im Wunderland", murmelte sie und führte den Schlüssel zu dem Schlüsselloch in der Metallwand. „Dann mal los."

Um sie herum explodierte es. Eine Explosion aus Farben. Das Skalpell fiel ihr aus den Fingern und sie musste die Augen schließen, als ihr wieder schwindelig wurde. Blind tastete sie nach ihrer Wölfin. „Wolf? Wolf, wo bist du?"

Ihr Tier presste sich an sie, sein Körper warm und so real in dieser Welt. Sie krallte sich an dem Fell des Wolfes fest und hatte endlich das Gefühl, einen Erfolg verbuchen zu können. „Wir haben es geschafft!"

Sie öffnete ein Auge, konzentrierte sich auf ihren Wolf und ließ die wogenden Farben an ihr vorbeiziehen. Ihre Freude verebbte ein wenig. „Wir sind immer noch nicht in meinem Körper."

Winzige Pfoten berührten ihr Bein und ihr Blick wanderte zu dem Frettchen, das zu ihr aufsah. In dem Licht sah es noch schlimmer aus. Einige Stellen in seinem Fell waren rot verschmiert und dem Kleinen fehlte ein Auge, die Wunde hässlich verkrustet. Am ganzen Körper zitternd kletterte das Frettchen auf ihren Schoß und rollte sich zu einem Ball zusammen.

Der Geruch nach Anis verstärkte sich und bei Ashlyn gingen die Alarmglocken an, als sie sich daran erinnerte, wie diese Duftnote sie noch vor einiger Zeit zu verfolgen schien. Handelte es sich um ein Monster, vor dem der Agathioner sie gewarnt hatte? Sie suchte den Boden um sich herum nach dem Skalpell ab. Sie konnte es nicht sehen.

Ihr Wolf lehnte sich gegen sie, seine Muskeln angespannt. Ashlyn fühlte sich wie ein Kaninchen in freier Wildbahn. Sie hatte keine andere Wahl, als sich so unbeweglich wie möglich zu zeigen und zu hoffen, das, was auch immer es war, wieder verschwand.

Der Geruch ließ nach und sie flüsterte: „Weißt du, was das war?"

Natürlich konnten ihr die Tiere keine Antwort geben. Beide blieben sie nah bei ihr, als hätte sie die Macht, ihren Wolf und das Frettchen vor allen Gefahren zu bewahren. Ihre Sehnsucht nach Kepler wuchs. Sie schloss die Augen und rief ihn sich in ihre Erinnerungen. So stark und immer darauf bedacht, sie zu beschützen. Sie stellte sich vor, dass er die Arme um sie schlang und wie sein warmer, männlicher Geruch an ihre Nase trat, während er sie an sich presste. *Kepler, was soll ich nur tun?*

*Ashlyn, ich wusste doch, dass du noch lebst!* Bei seiner Stimme schwappte Erleichterung über sie hinweg.

*Unsere Verbindung existiert noch!*

*Natürlich tut sie das. Du bist meine Gefährtin.*

Am liebsten würde sie in seine Arme rennen. *Ich habe meinen Wolf befreit, aber ich habe keine Ahnung, wo ich bin oder was ich als Nächstes tun soll.*

*Kannst du deinen Körper wahrnehmen? Wir müssen wissen, wo er sich befindet.*

Das war nicht gut. *Nein, ich bin vollkommen von meinem Körper abgeschnitten.*

*Das ist okay. Wir können deinem Geruch folgen. Die Hexen haben sich einen Plan überlegt, wie sie dich in deinen Körper zurückholen können,* sagte Kepler. *Halte Ausschau nach dem Höllenschlund. Siehst du ihn, dann zögere nicht und gehe hindurch.*

Sie versuchte, sich daran zu erinnern, was sie gesehen hatte, als der Agathioner sie aus ihrem Körper geworfen hatte. Das war nicht leicht, denn sie war zu dem Zeitpunkt so verwirrt gewesen. *Ich weiß nicht, wie der Höllenschlund aussehen soll.*

*Ich gebe dir ein Zeichen. Falls wir die Verbindung zueinander wieder verlieren sollten, dann vertraue auf deine Wölfin. Folge ihrem Beispiel.* Er zögerte, als wäre er nicht sicher, ob er die nächsten Worte senden sollte. *Und ... Ashlyn? Bitte verzeih mir.*

*Für was?*

*Den Fluch zu brechen, wird wehtun.*

Kepler ging mit seinem Quad über die Grenzen des Fahrzeugs hinaus und verlor den Blick auf Cals goldbraunes Fell, als er um einen gefallenen Baum herumfahren musste. In seiner Wolfgestalt hätte er den gläsernen Dolch nicht tragen können, den er von Jen bekommen hatte. Da er in seiner menschlichen Form den Agathioner nicht aufspüren konnte, war Cal mit ihm gekommen. Kepler trug eine alte Flanelljacke und eine Cargohose, die eine Größe zu klein war. Beides hatten ihm die Hexen zur Verfügung gestellt. In einer der vielen Taschen seiner Hose bewahrte er den Dolch auf.

In Keplers Kopf hörte er Cal sagen: *Ich denke, wir sind ihm nah.*

*Pass auf, dass das Monster dich nicht sieht,* warnte Kepler zum gefühlt hundertsten Mal. Dann schickte er Ashlyn: *Wir sind fast da. Halt dich bereit.*

*Okay.* Ihre Stimme zitterte.

Er wollte ihr versichern, dass alles gut gehen würde, als Cal sich einklinkte: *Scheiße. Das Ding ist fast beim Highway.*

Sie mussten es stoppen, bevor es auf Menschen traf. Eine nackte Frau an der Straße würde sofort für Aufmerksamkeit sorgen und das wollten sie um jeden Preis vermeiden. Kepler gab Gas. Dabei wühlten die Räder hinter ihm Dreck und Blätter auf.

Nicht weit vor ihm blitzten plötzlich pinke und blaue Haare zwischen den Bäumen auf. *Ich sehe sie, Cal. Ziehe dich zurück.*

*Viel Glück.* Cal hielt an und erlaubte Kepler, ihn zu überholen. *Wenn du uns brauchst, stehen wir bereit.*

Kepler schluckte schwer. Auf die eine oder andere Weise mussten sie das Monster aufhalten. Wenn der Plan nicht zu Ende gebracht werden konnte oder Kepler etwas passierte, würden Cal und Finch herbeieilen und den Wirt töten. Ashlyn. Kepler würde alles geben, um dies zu verhindern.

„Ashlyn!", brüllte er über den Motor seines Quads. Er hoffte, damit den Agathioner aufzuhalten, bevor er den Highway erreichte.

Der pinke und blaue Haarschopf stoppte und der Körper drehte sich ihm zu, ihre blauen Augen von einem violetten Licht überstrahlt. Außer Reichweite hielt er an. Der Agathioner legte den Kopf auf die Seite. „Du überraschst mich, Wandler."

„Ich habe darüber nachgedacht, was du über die Sache mit dem Gemahl gesagt hast." Keplers Herz polterte in seiner Brust, sodass es ihm schwerfiel, seine Stimme standfest klingen zu lassen. „Es ist offensichtlich, dass du sehr mächtig bist. Die Menschen werden dir zu Füßen liegen, und dich in deiner Terrorherrschaft verehren. Ich stimme also zu."

Ein Grinsen zeigte sich und Kepler gab sein Bestes, keine Grimasse zu ziehen, als das Ding auf ihn zukam. „Weißt du, was die Aufgabe eines Gemahls ist? Was von dir erwartet wird?"

„Ja, ich verstehe, was von einem Gemahl verlangt wird." Die Hexen hatten ihm ausführlich erklärt, nach was sich der Agathioner sehnte. Das beinhaltete eine gelegentliche Kostprobe von Keplers Seele. Für Ashlyn würde Kepler einfach alles tun. Dennoch würde er versuchen, Alternativen anzubieten. Das Monster war den Grenzen eines menschlichen Körpers ausgesetzt. Ihm musste also kalt sein. Vielleicht war er sogar erschöpft.

„Zunächst möchte ich, dass du dich wohlfühlst." Kepler wies auf die nackte, von Kratzern übersäte Haut. Ashlyns Haut, dachte Kepler. In ihren Haaren steckten Zweige und Blätter und die nackten Füße waren blutverschmiert. „Ich biete dir Kleidung, Annehmlichkeiten, Transport, Nahrung. Was auch immer du dir wünschst."

Der Agathioner ging einen weiteren Schritt auf ihn zu. „Deine Gefährtin ist nicht länger in diesem Körper, falls dich das beschäftigen sollte. Sie ist tot. Wenn ich entscheiden sollte, dass ich an dieser Welt kein Interesse mehr finde, wird sie nur noch eine Leiche sein."

Kepler presste die Lippen zusammen. Der Agathioner durfte nicht herausfinden, dass er mit Ashlyn Kontakt hatte und dass ihre Seele noch lebte. Sie war am Leben und stand bereit, sich gegen den Dämon zur Wehr zu setzen. Ehrerbietig nickte Kepler. „Ich verstehe. Du bist stärker, als sie es war." Gott, wie er es hasste, dies laut auszusprechen. Er zuckte mit den Achseln. „Das macht *dich* zu meinem Gefährten."

Wie nach einem Erfolgserlebnis hob der Agathioner stolz das Kinn. „Gut, dass du das erkannt hast. Ich akzeptiere deinen Dienst." Sein Blick landete auf dem Quad. „Wie nennt sich das Fahrzeug, das du mir gebracht hast?"

Kepler machte bessere Fortschritte, als erwartet. Auf dem Sitz rutschte er nach hinten, um Platz zu machen, und zeigte auf die Lenkstange. „Das ist ein Quad. Gerne zeige ich dir, wie man es fährt."

Während das Monster damit beschäftigt war, das Fahrzeug zu lenken, konnte Kepler den Dolch herausholen. Die Klinge bestand nur aus einer Glasscherbe, nicht größer als sein Daumen, und Klebeband, um einen Griff zu kreieren. Jedoch musste er sie dem Ding an einer Stelle in den Körper stoßen, von der er sie nicht problemlos entfernen konnte – jedenfalls nicht, bis Ashlyn die Kontrolle zurückerlangt hatte. Sobald dies der Fall war, würde er die Klinge entfernen, die Glasscherbe zerschmettern, was die Macht des Agathioners über seine Gefährtin brach.

Das Monster wies Kepler an, auf dem Platz wieder nach vorn zu rutschen. „Du wirst mich fahren."

*Scheiße.* Kepler fühlte, wie sein Auge zuckte und er betete, dass der Agathioner davon nichts mitbekam. Er hätte wissen sollen, dass es kein Kinderspiel sein würde. *Zeit für Plan B.*

Anstatt vorzurutschen, stieg er ab und ging zum hinteren Teil des Fahrzeugs, wo eine Tasche festgeschnallt worden war. „Zuerst werde ich dir etwas zum Anziehen geben. Bei der Fahrt wird es noch kälter für dich."

Der Agathioner näherte sich, legte seine Hände auf Keplers Schenkel und presste sich von hinten gegen ihn. „Ich glaube, mich zu erinnern, dass Menschen einige Methoden haben, um sich warm zu halten."

Innerlich erschauerte Kepler, doch er schaffte es, ruhig und gelassen zu bleiben. Er konnte nicht zurückweichen, ohne das Monster misstrauisch zu machen. „Ich freue mich darauf, dir diese menschlichen Freuden zu zeigen, sobald wir die Sicherheit meines Hauses erreicht haben." Er öffnete die Tasche und zog einen weißen Kaschmirpullover heraus, den eine der Hexen für den Zweck gespendet hatte. „Ich versichere dir aber, dass du im Moment Kleidung mehr genießen wirst."

Der Agathioner runzelte die Stirn und sah zu der Tasche. „Woher hast du diese Sachen?"

Kepler zuckte mit den Achseln und gab sein Bestes, sich nonchalant zu geben. Sein Herz jedoch hatte die Nachricht nicht bekommen und hämmerte in seinem Brustkorb. „Gestohlen. In dieser Gegend schließt niemand seine Haustüren ab."

Zu seiner Erleichterung schien sich der Dämon mit dieser Antwort zufriedenzugeben. Er nahm den Pullover und hielt ihn sich gegen Ashlyns Brust. „Was hast du mir noch mitgebracht?"

Kepler griff nach dem provisorischen Messer in seiner Tasche. Er durfte keinen Fehler machen, sonst riskierte er, den Agathioner und damit Ashlyn zu töten, obwohl es der Plan war, den Körper lediglich lahmzulegen. Als sich das Monster vorlehnte und durch die Kleidung wühlte, griff Kepler an. Sein Ziel war der Rücken und er glitt mit der Scherbe entlang der Rippen, bis sie sich wie ein Splitter unter der Haut einfand.

Der Agathioner schrie, der Körper seines Wirts drehte und verrenkte sich. Er versuchte, die Klinge zu entfernen, aber der Griff lag außerhalb seiner

Reichweite. Blut strömte um die Wunde und rann über Ashlyns bernsteinfarbene Haut.

*Jetzt, Ashlyn! Geh durch das Portal!*

Blutrotes Licht breitete sich aus und plötzlich erschien ein rötliches Frettchen. Es stolperte über den Boden und brach unter einem Baum zusammen. Im selben Atemzug richtete es sich wieder auf und rannte davon. Kepler war auf ein Monster vorbereitet gewesen, aber ein Frettchen? Er rief Cal zu: *Einer von euch muss das Tier einfangen.*

*Das muss der tierische Vertraute der Hexe sein,* antwortete Cal. *Lass das Tier gehen.* Der goldbraune Wolf und Finch in seiner beeindruckenden Grizzlygestalt traten aus dem Unterholz.

*Auf keinen Fall,* sagte Finch und sprang hinterher. *Die Hexe hat uns verraten.*

Kepler blieb keine Zeit, um sich zu wundern, dass er nun auch Finch hörte. Der Agathioner hatte sich ihm zugewandt, violette Funken knisterten um seine Fingerspitzen. „Verräter! Dafür wirst du bezahlen!"

Kepler wich dem Blitz aus und brüllte in seinem Verstand: *Ashlyn, wo bist du?*

Hatte die Hexe ihn verraten? War dies nur ein Trick gewesen, um ihren tierischen Vertrauten zurückzubekommen? Wenn es Ashlyn nicht gelang, die Kontrolle über ihren eigenen Körper zurückzuerlangen, blieb ihm keine andere Wahl, als den nächsten Schritt einzuläuten. Er hatte es versprochen. Und da er nicht wollte, dass Cal und Finch seine Gefährtin anfassten, musste er es selbst tun. Ashlyn war sein. Seine Liebe. Sein Leben. Seine Verantwortung. Er spürte, wie sein Herz zerbarst und doch bereitete er sich auf die Verwandlung in seinen Wolf vor.

In dem Moment brach Ashlyns Körper auf dem Waldboden zusammen.

16

Für Ashlyn fühlte es sich an, als würde ein Hurrikan sie in Stücke reißen. Das Gefühl raubte ihr den Atem. Keplers Stimme erreichte sie im gleichen Moment wie der Geruch von Asche, sodass sie den Halt an ihrer Wölfin verlor. Sie wirbelte und taumelte, ihr wurde schlecht, und schon bald wusste sie nicht länger, wo oben und unten war.

Mit großer Entschlossenheit schaffte sie es, gegen den starken Wind anzukommen und kam auf die Beine. Verzweifeltes Fauchen erregte ihre Aufmerksamkeit. Ihre Augen fanden ihre Wölfin, die von einem Wesen festgehalten wurde. Violette Funken sprangen über seine Haut. *Der Agathioner!*

Der Höllenschlund musste sich geöffnet haben, aber um sie herum sah nichts nach einem Portal aus.

Stolpernd suchte sie nach einer Möglichkeit, um ihrer Wölfin zur Hilfe zu kommen. Der Kampf jedoch war chaotisch. Ihr Versuch könnte mehr schaden als nützen. Die Zähne und die Krallen des Wolfes schlugen sich in den Agathioner, der mit Lichtblitzen antwortete. Ashlyn konnte nicht erkennen, wer den Gewinn davontragen würde.

Hinter ihr hörte sie jemanden ihren Namen rufen. Sie drehte sich um und entdeckte einen goldenen Punkt, nicht größer als ein Daumen. Ein Punkt, der sich in dieser verrückten und stetig wechselnden Umgebung nicht bewegte. Dahinter nahm sie Keplers Präsenz wahr. Eine Rettungsleine, die sie zu ihm zog. Zu dem Höllenschlund.

*Kepler, der Agathioner kämpft gegen meine Wölfin!*

*Du musst sofort durch das Portal treten!*, trieb er sie an.

Der Agathioner hatte die Arme um den Hals ihrer Wölfin gelegt und drückte zu. Ashlyn ballte die Hände zu Fäusten. Sie fühlte sich so hilflos. *Ich kann sie nicht einfach zurücklassen!*

Der Sturm und die Laute, die er verursachte, veränderten sich und klangen eher nach einem Seufzen. Der Anisgeruch war zurück. Panische Angst erhob sich in ihr. Wo war das Frettchen? Hatte ein Wesen es sich geschnappt, als sie nicht aufgepasst hatte? *Kepler, hier ist noch etwas anderes. Ich denke, es jagt mich.*

*Komm zu mir. Sofort!* Seine Stimme erinnerte an den kommandierenden Ton, den er bereits am ersten Tag an ihr verwendet hatte. Sein Alphaton. Zudem konnte sie seine Verzweiflung durch die Verbindung spüren. *Ashlyn, ich flehe dich an!*

Ein zweiter Anisgeruch gesellte sich zu dem ersten, dieser beißender. Oh Gott! Eine Gruppe? Wieso konnte sie die Wesen nicht sehen? Schatten flackerten zwischen ihr und dem goldenen Punkt. Was würde passieren, erreichten die nach Anis riechenden Wesen das Portal vor ihr?

*Wolf, beeil dich!*

Ihre Wölfin stand auf dem Agathioner und hatte die Zähne in den Hals des Monsters geschlagen. Für einen Moment nahm Ashlyn an, dass ihr Tier gewonnen hatte. Dann trafen die Augen des Wolfes auf ihre und nur ein Wort trat an ihre Ohren: *Geh.*

Der Agathioner streckte die Hand aus und die Wölfin flog nach hinten. Mit mehr Bewegungsfreiheit hob das Monster auch die andere Hand. Blitze traten aus seinen Händen. Ihr Wolf jedoch wich aus, sprang in die Luft, sodass die Blitze ihr Ziel verfehlten.

*Geh*, schickte ihr die Wölfin erneut.

Das Portal würde sich schon bald schließen. Ashlyn musste ohne ihren Wolf hindurchtreten. Sie ging einen Schritt auf den Höllenschlund zu. Noch einen. Ihr Tier schaffte es, den Agathioner abzuwehren, und gab Ashlyn damit die Chance zur Flucht. Was würde aber aus ihrem Wolf werden, wenn sie diese Welt verließ? In kürzester Zeit war das Tier zu einem Teil von ihr geworden, den sie nicht wieder missen wollte.

Die Luft war von Blitzschlägen erfüllt, es knisterte um sie herum, und zwei weitere Wesen, die wie Menschenmänner aussahen, erschienen unweit von ihr. Sie waren größer als der Agathioner und die Haut der beiden funkelte wie der Himmel bei Nacht. Den Kampf ignorierend wandten sie sich mit ihren violetten Augen dem Portal zu. Ihr Wolf heulte, flehte sie an, endlich diesen Ort zu verlassen.

Ihr Herz fühlte sich schwer an, aber Ashlyn wusste nicht, was sie sonst tun sollte. Sie musste gehen.

Den Gedanken noch nicht zu Ende gebracht, wirbelte sie herum und sprang in das Portal.

Mit der Wucht eines Güterzuges krachte sie in ihren Körper. Frische Luft traf auf ihre Lungen. Ihre Wange presste sich gegen einen nassen Boden und als sie die Augen öffnete, sah sie gelbe Blätter. Die Erde unter ihr fühlte sich nach der verkehrten Welt regelrecht unwirklich an. Nach einer Sekunde bemerkte sie den Schmerz in ihrem Rücken. Stöhnend drehte sie den Kopf und zwang ihre Augen in den Fokus. Wenige Meter entfernt stand ihr Gefährte. Sie versuchte, seinen Namen zu sagen, schaffte jedoch nur ein Keuchen.

Er blieb auf Abstand, sein Ausdruck misstrauisch. „Ashlyn?"

„Meine Wölfin", wimmerte sie. Ihre Hände kratzten über den von Blättern bedeckten Boden. „Das Ding will meinen Wolf töten."

Keplers Ausdruck erzählte von einem mitleidigen Schmerz. „Es tut mir leid. Wir können nicht länger warten." Neben ihr kniete er sich hin und zog etwas aus ihrem Rücken.

Es fühlte sich an, als hätte er eine Ader gepackt und daran gerissen. Sie schrie und es hätte nicht viel gefehlt, da wäre sie bewusstlos geworden.

„Scheiße, das ist sehr viel Blut", sagte Kepler und presste die Hand gegen ihren Rücken.

Durch einen Nebel aus Schmerz hörte sie Cal sagen: „Hat es funktioniert?"

Sie vernahm den Laut von gebrochenem Glas.

„Ja", knurrte Kepler.

Sie wollte sagen, dass es das nicht hatte und dass ihr Wolf noch immer auf der anderen Seite war, wo er um sein Leben kämpfte. Die Schmerzen in ihrem Rücken machten es jedoch unmöglich, zu Atem zu kommen, geschweige denn, zu sprechen.

„Jen hat uns also nicht hintergangen." Cal klang erleichtert.

Kepler murmelte: „Fuck. Warum heilt sie nicht?"

„Vielleicht ist es nicht sie", erhob eine ihr unbekannte Stimme das Wort. „Mir gefällt diese Sache nicht. Vielleicht hält uns der Agathioner zum Narren."

Ihre Finger und ihre Zehen fühlten sich eiskalt an und ihre Zähne klapperten. *Warum ist mir so kalt?*

„Es ist Ashlyn." In Keplers Stimme schwang eine Härte mit, die sie so bisher noch nie wahrgenommen hatte. „Sie meinte, dass der Agathioner versuchte, ihren Wolf zu töten. Wenn sie ihr Tier verloren hat, hat sie auch ihre Fähigkeit verloren, schnell zu heilen."

Ashlyns Herz brach bei seinen Worten. Kepler behielt recht. Das Tier gehörte zu ihnen. Nun fühlte sie nur noch Leere und das schmerzte mehr als die Wunde in ihrem Rücken. Würde sie jemals erfahren, ob ihre Wölfin den Sieg davongetragen hatte?

„Sie hat mich beschützt", flüsterte Ashlyn.

Die Stärke ihres Tieres ruhte nicht länger in ihr. Sie fühlte rein gar nichts. *Wolf, bitte komm zu mir zurück.*

Als sie in die Bewusstlosigkeit abtauchte, musste sie sich eingestehen, dass ihre Wölfin nicht länger bei ihr war.

Die Fahrt auf dem Quad war holpriger, als es Kepler lieb gewesen wäre. Auf dem Weg zur Straße hielt er

Ashlyns schlaffen Körper an seine Vorderseite gepresst. Die Wunde an ihrem Rücken musste genäht werden. Bei einem Wandler wäre ein Krankenhaus nicht notwendig. Für jemanden ohne Wandlerkräfte war es besorgniserregend, dass die Wunde einfach nicht aufhören wollte, zu bluten. Er erreichte gerade die Straße, als sich ein Pick-up neben ihm einfand.

Muffy saß am Steuer. Tessa sprang aus dem Auto und öffnete die Tür zu dem Rücksitz. „Wir dachten uns schon, dass du vielleicht Hilfe brauchst. Steig ein."

Kepler setzte Ashlyn auf den Rücksitz und stieg hinter ihr ein. Er entdeckte mehrere Decken, fein säuberlich auf dem Sitz zusammengelegt. Davon nahm er sich eine und bedeckte seine Gefährtin in dem Versuch, sie zu wärmen. Ihre Haut fühlte sich unterkühlt an und das Blut an ihrem Körper war mittlerweile klebrig. „Sie blutet immer noch. Ich denke, sie hat einen hämorrhagischen Schock."

Tessa machte die Tür zu und nahm dann wieder neben Muffy Platz.

Muffy gab Gas und wendete auf dem zweispurigen Highway. Anstatt sich festzuschnallen, kniete sich

Tessa auf den Beifahrersitz und lehnte sich in den hinteren Bereich. „Lass mich mal sehen."

Kepler hatte Ashlyn an sich gezogen und erlaubte Tessa, die Wunde zu begutachten. Ashlyns Rücken glitzerte blutrot, ihre Haare klebten an ihren Schultern. Der beißende Geruch ihrer Wunde erfüllte die Luft. Er hasste es, wie ihre Lider flatterten und nur das Weiß ihrer Augen entblößt war.

Die Hexe entließ einen undefinierbaren Laut. „Hast du ihre Lunge getroffen?"

„Nein." Kepler wusste, dass er zu aggressiv geantwortet hatte, aber er war wütend. „Wie du es mir gesagt hast, habe ich die Scherbe unter ihrer Haut eingeführt. Bitte mach, was auch immer nötig ist. Bitte rette sie."

„Leider habe ich befürchtet, dass das passieren würde." Tessa wühlte durch die Tasche neben ihr und zog ein Druckpflaster heraus. Dann schmierte sie eine grüne Masse auf die Wunde, bei der er das Gesicht verzog. Anschließend presste sie das Pflaster auf die Verletzung. Sie legte die Hand flach auf und sprach ein paar Worte in einer merkwürdigen Sprache. „Das sollte die Wunde verschließen."

„Wird sie sich davon erholen?" Kepler streichelte über Ashlyns Haare.

„Mit Sicherheit kann ich das noch nicht sagen. Sie hat viel Blut verloren."

Nach einer Weile erkannte er, dass sich Muffy immer weiter von der Stadt entfernte. Sein Misstrauen meldete sich. „Wohin fährst du? Wir müssen sie in ein Krankenhaus bringen."

„Der Agathioner war stärker, als erwartet", sagte Tessa besorgt. „Wenn sie das Monster nicht abschütteln kann, können wir nicht zu lassen, dass sie unter Menschen die Kontrolle verliert."

Er zog Ashlyn enger an seine Brust. „Wie wollt ihr sie also am Leben halten?"

Tessa funkelte ihn genervt an. „Ich habe die Blutung gestoppt. Ein Arzt könnte auch nicht mehr tun. Bei uns ist die Chance größer, dass sie die Sache heil übersteht."

Wenig begeistert musste Kepler zugeben, dass ihre Argumentation Sinn ergab. Wütend war er trotzdem. „Ich habe den Dolch zerstört. Du meintest, dass das die Kontrolle des Agathioners über Ashlyn brechen würde."

„Das war eine hoffnungsvolle Vermutung. Keiner von uns ist mit dieser Art Magie wirklich vertraut. Niemand von uns praktiziert sie."

„Jen schon." Zähneknirschend dachte er an das feige Frettchen. „Sie hat uns ausgetrickst. Ihr Interesse bestand lediglich darin, ihren Vertrauten zurückzubekommen."

Im Rückspiegel sah er, dass Muffy die Augenbrauen zusammenzog. „Natürlich hat sie gehofft, Hamilton zurückzubekommen, aber geholfen hat sie uns, weil sie das Richtige tun wollte."

„Wie kannst du dir so sicher sein? Das Frettchen kam zuerst durch den Höllenschlund. Ashlyn hätte es fast nicht geschafft. Und ihr Wolf …" Er konnte den Satz nicht beenden. Er konnte sich nicht mal vorstellen, wie es sich anfühlte, von seinem Wolf getrennt zu sein. War es möglich, dass Ashlyn deswegen in so schlechter Verfassung war?

Ashlyns Finger streichelten über seine Brust. Als er den Blick senkte, sah er, dass sie die Lippen bewegte, und er hörte sie sagen: „Frettchen hat uns gerettet."

War sie im Delirium? Oder war sie in der Lage gewesen, die Unterhaltung mitzuhören? Ihre Antwort jedoch nahm ihm auch den letzten Grund, seine Wut abzuladen. Er lehnte sich gegen den Sitz zurück, ließ den Kopf in den Nacken fallen und konzentrierte sich auf seine Atmung.

„Was sagt sie?", fragte Tessa.

„Sie meint, dass das Frettchen sie gerettet hat", fauchte er. „Verdammt, der tierische Vertraute sollte anstelle des Wolfes in dieser Welt gefangen sein."

Tessa runzelte die Stirn und drehte sich nach vorn, um sich anzuschnallen. „Später werde ich Jen zu dem Thema befragen. Für den Moment sollten wir uns darauf konzentrieren, deine Gefährtin zu retten."

17

Ashlyn wachte in einem fremden Bett auf. Sonnenstrahlen schienen durch hauchdünne Vorhänge. Sie setzte sich auf, fühlte sich schwach, aber sie lebte. Die Leere in ihr jedoch verharrte. *Wolf?*

Es kam keine Antwort.

Auf einem Stuhl neben ihr war Kepler zur Seite gefallen und lag nun schlafend mit dem Oberkörper auf dem Bett. Sein Mund war leicht geöffnet, als er friedlich ein- und ausatmete. Ihre Hände und Arme waren von winzigen Kratzern übersät. Man könnte denken, sie wäre in einen Dornenstrauch gestürzt. Am Körper trug sie lediglich ein gelbes Nachthemd. Ihr Mund fühlte sich trocken an.

Sie drehte den Kopf zu dem Nachttischschränkchen und entdeckte ein Glas Wasser. Sie griff danach. Da sie schwächer war, als sie gedacht hätte, rutschte ihr das Glas aus den Fingern und landete geräuschvoll auf dem Boden.

Kepler schreckte auf. Er sprang auf die Beine, lehnte sich vor und nahm ihr Gesicht zwischen beide Hände. „Ashlyn, du bist wach.“

Seine Berührung tröstete sie. Sie schaffte es, ihm ein sanftes Lächeln zu schenken. „Ich habe Durst.“

„Ja, natürlich.“ Er drehte sich zu dem Nachttisch, blinzelte und entdeckte dann das Glas Wasser auf dem Boden. „Ich werde dir etwas zum Trinken holen.“

Nachdem er das Glas aufgehoben hatte, verließ er das Zimmer.

Nun allein im Raum sah sich Ashlyn um und atmete einmal tief ein. Roch sie frisch gebackenes Brot? Ihre Sinne schienen dürftig ausgeprägt. *Meine menschlichen Sinne.* Niemals hätte sie gedacht, dass sie ihre Wölfin so verzweifelt vermissen könnte. Würde Kepler sie dennoch als seine Gefährtin wollen? Waren sie überhaupt noch miteinander verbunden? Ihre Augen füllten sich mit Tränen und sie suchte augenblicklich nach der Verbindung zu ihm. *Kepler?*

*Ich beeile mich, Liebling.*

Ihr entrang ein Schluchzer. Okay, wenigstens etwas, das ihr noch geblieben war. Ihre Verbindung blieb bestehen.

*Ashlyn, was ist los?*

Sie hörte, wie sich eilig Schritte näherten. *Ich bin einfach nur so erleichtert, dass wir uns noch auf diese Weise unterhalten können.*

Die Schritte verlangsamtem sich. *Ich auch.*

Mit einem Glas in der Hand kam er um die Ecke des Türrahmens. Tessa und Muffy folgten ihm. Lächelnd reichte er Ashlyn das Wasser. „Bitte sehr.“

Ashlyn nahm einen Schluck und die Kälte bahnte sich einen Weg ihre Kehle runter. „Danke.“

Tessa zeigte sich mit einem Tablett in den Händen, auf dem sie eine dampfende Tasse und einen Teller mit Toast trug. Sie kam auf die andere Seite des Bettes und stellte alles auf dem Tisch ab. „Kann ich mir deine Wunde ansehen, Ashlyn?“

In dem Moment erinnerte sie sich an die furchtbaren Schmerzen, nachdem sie ihren Körper zurückerobert hatte. Auf ihrer Stirn brach Schweiß aus und das Glas in ihrer Hand bebte, sodass Wasser über den Rand schwappte.

„Ashlyn?" Kepler legte seine Hand um ihre.

*Alles gut.*

Kepler nickte und Tessa zog den Kragen an Ashlyns Nachthemd nach unten, schälte das Pflaster ab und rieb mit ihren kühlen Fingerspitzen über ihr Schulterblatt. „Es wird eine Narbe bleiben, aber die Wunde heilt gut."

„Wie lange habe ich geschlafen?" Ashlyn krächzte die Worte und sie nahm noch einen Schluck.

„Zwei Tage." Kepler schob eine Haarsträhne hinter ihr Ohr. „Zwei Tage hast du dich gegen den Agathioner zur Wehr gesetzt."

Der Sprung durch den Höllenschlund war das Letzte, an was sie sich erinnerte. „Ist der Dämon weg?"

„Deine Aura strahlt." Tessa lächelte. „Du bist wieder ein Mensch."

Tessas Worte trafen sie bis ins Mark. *Mensch.* Sie ließ sich gegen das Kissen fallen. *Nicht länger ein Gestaltwandler.*

Kepler zog seinen Stuhl näher zu ihr und setzte sich. Dann nahm er ihr das Glas ab, um ihre Hand in seine zu nehmen. „Es tut mir so leid. Bestimmt schmerzt es, ohne sie zu sein."

Tränen formten sich in ihren Augen und sie nickte.

*Ich bin für dich da. Für immer.* Er lehnte sich vor und küsste sie auf die Stirn. *Könnte ich meinen Wolf mit dir teilen, würde ich es tun.*

Muffy trat nach vorn, in ihrer Hand eine kleine Tiertragebox. Sie sah besorgt aus. Nach einem Blick auf Kepler sagte sie zu Ashlyn: „Es gibt jemanden, der dich besuchen wollte. Natürlich nur, wenn du einverstanden bist."

Kepler sah wenig begeistert aus.

Ashlyn sah durch die Tür mit den dünnen Gitterstäben und entdeckte eine winzige pinke Nase und rostbraunes Fell. Sie schnappte nach Luft und streckte die Hände aus. „Du hast es rausgeschafft!"

Die Sorgenfalten auf Muffys Gesicht glätteten sich und sie wirkte erleichtert. In der nächsten Sekunde öffnete sie die Tragebox. „Sein Name ist Hamilton."

Das Frettchen sprang in Ashlyns Arme, zappelte aufgeregt auf ihrem Schoß und rieb sich an ihren Armen, während sie das weiche Fell des Tieres streichelte. Er war noch immer viel zu dünn und die Narbe, wo früher sein Auge gewesen war, sah schmerzhaft aus. Jedoch war er nicht länger dreckig und blutverschmiert.

„Gott, er stinkt", beschwerte sich Kepler.

Ashlyn runzelte die Stirn. „Sei nett. Ohne ihn wäre ich heute nicht hier. Er hat mir geholfen, meine Wölfin zu befreien, sodass sie …" Das letzte Wort wurde von einem Schluchzer abgehackt. „… sodass sie mich beschützen konnte."

Kepler entließ ein Grunzen, der Ausdruck in seinen Augen unnachgiebig.

Sie wandte sich wieder dem Frettchen zu. „Vielen Dank, Hamilton, dass du mir geholfen hast. Ich bin froh, dass du fliehen konntest." Ashlyns Kehle schnürte sich zu und sie hob den Blick zu Muffy. „Wieso war er an diesem furchtbaren Ort?"

„Hamilton ist der tierische Vertraute meiner Schwester. Erinnerst du dich an Jen? Du bist ihr bei der Junggesellinnenparty begegnet."

Es fühlte sich an, als hätte die Party vor einer Millionen Jahren stattgefunden. „Ich erinnere mich an Jen, aber was ist ein tierischer Vertrauter?"

„Sie sind mit ihren Hexen verbunden – ähnlich zu den Tieren bei Wandlern, nur dass wir nicht die Gestalt wechseln." Muffy stellte die Tragebox auf den Boden. „Hamilton ist durch einen Höllenschlund getreten und kam nicht mehr raus. Der Agathioner hat ihn als Gefangenen gehalten, um Jen dazu zu zwingen, ihm zu helfen."

„Das ist keine Entschuldigung." Tessa verschränkte die Arme vor der Brust. „Niemals wird sie wieder gut machen können, was sie der Gestaltwandlergemeinde angetan hat."

Muffy nickte. „Das weiß sie. Aber es tut ihr aufrichtig leid und sie wollte, dass ich dir das ausrichte, Ashlyn." Sie warf einen flüchtigen Blick zu Kepler. „Wenn du sie lässt, würde sie sich gerne persönlich entschuldigen."

„Auf keinen Fall", knurrte Kepler.

„Ashlyn, als die einzige Überlebende hast du ein Mitspracherecht bei der Art der Bestrafung", sagte Tessa. „Ob du mit Jen sprechen möchtest oder nicht, sie wird auf jeden Fall für ihre Taten zur Rechenschaft gezogen."

Ashlyn zog das Frettchen enger an sich. „Was für eine Bestrafung hat sie zu erwarten?"

Die Zirkelanführerin verzog das Gesicht. „Seit Jahrhunderten wurde keiner mehr für diese Art der Magie bestraft. Die traditionelle Methode war Tod durch Feuer."

Ashlyn war noch nie eine nachtragende Person gewesen. Sicher, Jen hatte mehrere Gestaltwandler auf dem Gewissen, aber Tod durch Feuer klang wirklich barbarisch. „Gibt es keine andere Möglichkeit?"

„Wir können sehen, ob wir eine barmherzigere Methode finden. Ihr Körper muss am Ende aber verbrannt werden. Nur so können wir sicherstellen, dass die dunklen Mächte sie nicht benutzen können, um sich erneut Zugang zu dieser Welt zu verschaffen."

Hamilton quietschte und rutschte unter die Decke neben ihr Bein. Er presste sich an sie und sie fühlte, dass er zitterte. Ashlyn atmete tief ein. „Wenn Jen stirbt, was wird dann aus Hamilton?"

„Er teilt ihre Bestrafung."

„Was?" Ihre Hand schwebte über dem bebenden kleinen Körper unter der Decke. „Aber er war auch ein Opfer!"

„Ashlyn", hörte sie Kepler einwerfen, doch sie unterbrach, was auch immer er sagen wollte.

„Könnt ihr sie nicht ihrer Kräfte berauben? Es gab schon genügend Tote. So viele Wandler und meine Wölfin!" Ein Schluchzer kroch ihre Kehle hinauf.

„Deine Wölfin muss nicht tot sein", sagte Tessa. „Ich denke, sie wurde einfach nur abgekoppelt."

Ashlyn schnappte nach Luft. „Was meinst du damit?"

„Wie bei den meisten Zaubern ist auch bei Wandlermagie eine genetische Komponente notwendig, um eine Dimension mit einer anderen zu verbinden. Die magische Energie – in diesem Fall das Wandlertier – wird durch einen festgelegten Kanal zu uns geschickt. Gestaltwandler nennen das die Quelle. Es ist ein gut bewachtes Portal, das nur Wandlertiere durchlässt. Der Höllenschlund, der von dem Agathioner benutzt wurde, war nicht bewacht, sodass alles und jeder in unsere Welt komme konnte. Jetzt haben wir es geschlossen, und so wurde die Verbindung zu deiner Wölfin unterbrochen."

„Du willst mir also sagen, dass sie vielleicht noch lebt?"

„Ja."

Ashlyn warf die Decke von sich. „Kepler, bring mich zu dem Gletscher."

Sanft legte er eine Hand auf ihre Schulter, um sie vom Aufstehen abzuhalten. Was nicht schwer war, denn sie fühlte, wie schwach ihre Beine waren. „Ein zweites Mal von der Quelle zu trinken, wird dein Tier austauschen."

„Aber ich habe doch noch nie von ihr getrunken."

Stirnrunzelnd blickte er zu Tessa.

Sie zuckte mit den Achseln. „Wir reden hier von Wandlermagie. Ich kenne nur die Grundlagen."

„Ich will es versuchen", verlangte Ashlyn.

„Es ist möglich, dass uns die Quelle den Zugang verwehrt."

„Wir sind Gefährten. Das bedeutet, dass ich ein Tier habe – meine Wölfin –, und sie wartet auf mich. Ich muss zu der Quelle."

Kepler seufzte. „Na gut. Dieses Mal möchte ich aber alles richtig machen. Zuerst holen wir uns die Genehmigung des Ratsmitglieds Riordan. Lass mich kurz einen Anruf tätigen."

Ashlyn nickte und lehnte sich gegen die Kissen. Sie würde Kepler erlauben, die übliche Verfahrensweise zu verfolgen.

Ob der Rat nun seine Erlaubnis gab oder nicht, wäre ihr am Ende egal. Den Gletscher würde sie auf alle Fälle aufsuchen.

Kepler stand auf dem Gletscher und winkte dem Helikopter zum Abschied zu. Der Pilot salutierte und flog in den wolkenbehangenen Sonnenuntergang. Finch hatte seine Beziehungen spielen lassen und so hatten sie den Helikopter der Abteilung benutzen können. Ashlyn wäre wahrscheinlich auch gelaufen, geschwommen oder gekrochen, obwohl er sie gewarnt hatte, dass die

Quelle entscheiden könnte, ihr den Zugang zu verweigern.

Sie schob ihre behandschuhte Hand in seine. „Denkst du, dass sich heute Abend die Nordlichter zeigen?"

„Ich hoffe es." Er betrachtete sie, eingewickelt in einen warmen Parka und Schneeschuhe, ihre Nase pink von der Kälte. Sie hatte Witze über ihre Aufmachung gemacht, sagte immer wieder, dass sie so dick eingepackt war, dass sie die Arme nicht heben konnte. Gelacht hatte er jedoch nicht. Ohne ihr Tier war die Wahrscheinlichkeit von Frostbeulen und einer Unterkühlung höher. Sie hatten ein Winterzelt gekauft und sich ein paar Vorräte beschafft. Wenn sich die Höhle nicht öffnete, würde er es schwer haben, sie von dem Gletscher wegzubekommen.

Und wenn sich die Höhle öffnete, könnte es sein, dass sie ein anderes Tier zugewiesen bekam. Was, wenn das neue Tier ihn nicht als Gefährten wollte?

Als spürte sie seine Besorgnis, umarmte sie ihn. „Alles wird gut. Meine Wölfin ist ein Alphatier, erinnerst du dich? Auf keinen Fall lässt sie den Agathioner gewinnen. Sie wird mich finden."

Auf ihren Lippen zeigte sich ein Lächeln. Ihre Augen sprachen jedoch von Sorge. „An diesem furchtbaren Ort gab es andere Wesen, die meine Wölfin verletzen könnten.“

Er hatte seinen eigenen Wolf gefragt, was er über diese Dimension wusste, aber sein Tier war nicht willig oder vielleicht nicht bereit gewesen, ihm diese Information zu geben. Seine Theorie war, dass Wandlertiere an diesem Ort überleben konnten, wie das bei normalen Tieren in der Wildnis der Fall war. Er küsste sie auf die Stirn. „Wie du bereits gesagt hast: Sie ist ein Alpha. Während sie auf die Chance gewartet hat, sich mit dir zu verbinden, hat sie dort sehr lange überlebt.“

„Das stimmt.“ Ashlyn legte ihre Wange an seinen Parka. „Ich denke zudem, dass, obwohl unsere Verbindung gekappt wurde, ich es fühlen würde, wenn sie tot wäre.“

Er nickte, denn er wusste, ihm würde es genauso gehen, hätte er seinen Wolf verloren.

Der wolkenverhangene Himmel verdunkelte sich zu einem Grau. Eine helle Linie diente als einzige Erinnerung auf die untergehende Sonne. Ein eisiger Wind war zu spüren und wehte Schnee gegen seine entblößte Haut. Wenn es sogar ihm kalt war, musste es für Ashlyn noch schlimmer sein. „Nicht mehr lange und es wird vollkommen dunkel sein. Wir sollten unser Zelt aufbauen."

Anstatt ihn loszulassen, hauchte sie: „Kepler, schau."

Er folgte ihrem Blick über die Oberfläche des Gletschers.

Keine zwanzig Meter entfernt, hatte sich im Eis ein schwarzes Loch geöffnet.

18

Ashlyn bebte vor Vorfreude. Leider mischten sich auch Selbstzweifel in ihre Gedanken. Der Moment der Wahrheit war gekommen. Was, wenn ihr Wolf tot war? Oder noch schlimmer: Was, wenn ihr Wolf nicht tot war und sie doch mit einem anderen Tier endete? „Ich habe Angst", flüsterte sie.

Keplers Arme festigten sich um sie. „Du musst das nicht tun. Wir können umkehren."

Sein Vorschlag, dass sie aufgeben sollte, erhöhte ihre Entschlossenheit. „Eine halbe Stunde habe ich gebraucht, um diese Aufmachung anzuziehen. Ich werde jetzt nicht den Schwanz einziehen." Sie wandte sich der Höhle zu und atmete tief ein. „Los geht's."

Er wühlte in einer Tasche und sagte: „Warte kurz." Er zog die Schuhspikes heraus. „Es könnte glatt sein."

Als sie sich die Spikes über ihre Schuhe zog, hörte sie das Blut in ihren Ohren rauschen und Schweiß brach auf ihrem Körper aus. Mittlerweile war es stockdunkel und durch die Wolkendecke wirkte sogar der Schnee pechschwarz. „Ich kann die Höhle kaum sehen."

„Folge mir."

Ermutigend drückte er ihre Hand und führte sie über das Eis, ihre Schritte laut knirschend auf dem Schnee. Vor dem Höhleneingang stoppte sie voller Ehrfurcht. Im Inneren glühte das Eis in einem hellen Blau – in der gleichen Farbe wie die Augen ihres Wolfes. Sie traten ein und die Farbe floss wie Wasser. Gelb und grün mischten sich hinzu, umso tiefer sie vordrangen. Der Boden war steinig und formte sich schließlich zu einem Tunnel, der nach unten führte. Tiefer und tiefer ging es und das Eis um sie herum knackte bei jedem Schritt.

„Der Gletscher klingt, als würde er uns gerne lebendig verspeisen", sagte Kepler, seine Stimme von dem Eis gedämpft.

Sie entließ ein nervöses Lachen. „Das ist noch gar nichts. Du solltest die andere Seite des Höllenschlundes sehen."

Kepler grunzte. „Touché."

Schließlich öffnete sich der Tunnel zu einer ausgedehnten Höhle. An der hohen Decke tanzten farbige Bänder. Der Anblick war atemberaubend. In der Höhle tropfte es in regelmäßigen Abständen. Der Höhlenboden war nicht nass und es fühlte sich wärmer an als im Freien. Schwarze Felsbrocken verteilten sich auf dem Eis, fallende Tropfen glitzerten wie Diamanten und waren sich Ashlyns Aufmerksamkeit sicher. Mitten in der Höhle floss ein schmales Rinnsal auf einen riesigen flachen Felsen, der in das Eis eingefasst war.

Ashlyn lief darauf zu. Der Felsen ragte nur wenige Zentimeter aus dem Eis heraus und das Wasser floss über den Stein in das Eis. Es erinnerte an einen Altar. Außerweltlich.

Sie entließ langsam den Atem und hob den rechten Fuß auf den Felsen. „Das muss der Ort sein."

„Warte." Kepler zog sanft an ihrer Hand und drehte sie zu sich, sodass sie ihm ins Gesicht sah. „Ein Kuss als Glücksbringer?"

Die Lichter an der Decke ließen seine Augen mit dem goldenen Glühen seines Wolfes erstrahlen. Über die mentale Verbindung spürte sie, wie besorgt er war. Sie lehnte sich vor, presste ihre Lippen gegen seine und genoss für eine Weile seine Nähe.

Bevor sie sich zurückzog, murmelte er an ihrem Mund: „Ich liebe dich, Ashlyn Reed. Ob du deinen Wolf zurückbekommst oder nicht, einen anderen Wolf, einen Bären oder auch gar kein Tier. Du gehörst mir. Für immer."

Stirnrunzelnd musste sie nun erkennen, dass auch für ihn viel auf dem Spiel stand. „Bist du besorgt, dass, wenn mir ein anderes Tier zugewiesen wird, wir nicht länger als Gefährten gelten?"

Er presste die Lippen aufeinander. „Der Gedanke ist mir gekommen."

„Scheiße. Jetzt bin ich auch besorgt!"

„Lass einfach nicht zu, dass es ein Chihuahua wird."

Sie lachte. „Schlechte Witze sind aber meine Bereicherung für diese Beziehung."

Sein Mundwinkel zuckte. „Versprechen kann ich das nicht."

Sie gab ihm einen Schmatzer und öffnete dann ihren Parka. Es war überraschend warm in der Höhle. „Kannst du das für mich halten?"

„Vielleicht solltest du dich ganz ausziehen, sodass du deine Ausrüstung bei einer möglichen Verwandlung nicht ruinierst."

Sie schmunzelte. „Du willst mich doch einfach nur nackt sehen."

„Das auch." Er lächelte, aber seine Besorgnis war deutlich zu erkennen.

Um die Stimmung etwas aufzuhellen, schob sie ihre Daumen unter die Riemen der Schuhspikes und zog sie mit einer verführerischen Bewegung aus. „Ich bin zu sexy für diese Spikes, zu sexy für diese Spikes …"

Sein Lachen hallte durch die Höhle, während seine Augen hungrig ihren Bewegungen folgten. Sie hoffte, dass sie diesen Hunger niemals missen musste – unabhängig von dem heutigen Resultat. Als sie nackt war, drehte sie sich dem Wasser zu. Gänsehaut zeigte sich auf ihrem Körper und nicht nur, weil sie nackt war. Was, wenn sie wirklich einen Chihuahua als Tier bekam? Hör auf, an dir zu zweifeln. *Ich werde meine Wölfin zurückbekommen.*

Tief atmete sie ein und trat unter das schmale Rinnsal. Sie legte den Kopf in den Nacken und erlaubte der kühlen Flüssigkeit in ihren Mund zu rieseln. Nachdem sie mehrere Mal geschluckt hatte, ging sie einen Schritt zurück. Sie fühlte sich nicht anders. Ihre Hände sahen noch genauso aus, die Gänsehaut blieb bestehen. Plötzlich spürte sie ein warmes Gefühl in ihrem Bauch. Es breitete sich zu ihrer Brust aus und schließlich in ihre Beine und Arme.

Über ihr knackten und zischten die Lichter. Alles wirkte klarer. Roch geschärfter. Keplers warmer, männlicher Duft zog sie an, füllte sie mit einem Hunger, und sie konnte schwören, dass sie seinen Herzschlag hören konnte. Als sie sich ihm zuwandte, erklang ein vertrautes Heulen in ihrem Verstand.

*Wolf!* Tränen formten sich in ihren Augen. *Du lebst! Ich wusste doch, dass du stärker bist als dieses dumme Monster!*

Sie fand Keplers Blick und erlaubte, dass sich die Kräfte ihres Wolfes in ihren Augen widerspiegelten. Sein besorgter Ausdruck wechselte zu Erstaunen und schließlich zu der unbändigen Freude, die auch sie empfand. „Es hat funktioniert?"

„Meine Wölfin ist zurück!" Ein Schluchzer löste sich aus ihrer Kehle.

Begleitet von einem Freudenschrei zog er sie in seine Arme, drehte sich mit ihr um seine eigene Achse. Als er sie absetzte, fand er mit seinem Mund den ihren. Sofort meldete sich die Hitze des Gefährtenbundes und sie erwiderte den Kuss gierig. Als sie sich auf den Tanz mit seiner Zunge einließ, empfand sie seinen Parka als störend. Blind suchte sie nach dem Reißverschluss. „Du trägst zu viele Klamotten."

Augenblicklich entledigte er sich seiner Kleidung und riss ihren Körper wieder an sich. Seine Schenkel fühlten sich unnachgiebig und stark an ihrer Haut an. Ein Bein legte sie um seine Hüfte. Er packte ihre Pobacken mit beiden Händen und hob sie höher, sodass sie auch das andere Bein um ihn schlingen konnte. An ihrer Mitte pulsierte seine Länge mit einer Begierde, die ihrer ebenbürtig war.

Zwischen Küssen trat er die Kleidung zusammen und legte sie dann auf den kreierten Haufen. „Oh nein, nein", sagte sie. „Das ist meine Party und ich bestehe darauf, dich für mich zu beanspruchen."

Verspielt gab sie ihm einen Schubs und er ließ sich nach hinten auf das Nest aus Parkas fallen. Sein Schwanz, lang und hart, lag an seinem Bauch. Mit einem Knurren fand sie sich zwischen seinen Schenkeln ein und nahm ihn in den Mund, bis die Eichel ihre Kehle kitzelte. Er schmeckte salzig und moschusartig und einfach perfekt. Sie umfasste seinen Hoden und bearbeitete mit der anderen Hand seinen Schaft. Stöhnend fuhr er mit den Fingern in ihre Haare. Sein Becken hob ab, kam ihr bei jeder Abwärtsbewegung ihres Kopfes entgegen. „Gott, Frau, du bringst mich noch um. Komm her, damit ich auch von dir kosten kann."

Sie kam seinem Wunsch nach, drehte sich, hob ihr Knie über seinen Kopf und setzte sich auf sein Gesicht. Seine Zunge kollidierte mit ihrer Pussy, drang in sie ein und er packte ihre Hüften, um sie näher an seinen Mund zu ziehen. Er verwöhnte sie mit seiner Zunge, während sie an seinem Schwanz saugte und leckte, bis sie sich nicht länger auf ihren Wunsch, ihn zu befriedigen, konzentrieren konnte.

Sie löste sich aus seinem Griff an ihren Hüften und setzte sich rittlings auf seinen Schoß. Er fletschte die Zähne, seine Augen glühten in einem warmen Gold, und er packte ihre Hüften erneut, um sie zu seinem

Schaft zu führen. Sie war unbeschreiblich feucht, ihre Schamlippen geschwollen und ihre Pussy gierte nach ihm. Ohne zu zögern, nahm sie ihn in sich auf. Bei dem intensiven Gefühl schnappte sie nach Luft. Er dehnte sie auf eine so köstliche Weise, dass sie ein Wimmern nicht zurückhalten konnte.

Er stöhnte ihren Namen, sein Becken hob sich in einem verzweifelten Rhythmus vom Boden ab. Ihre nächsten Worte kamen als ein Knurren heraus: „Mein Gefährte."

„Ja!"

Mit kreisenden Hüften nahm sie ihn immer wieder in sich auf und schürte damit die Hitze zwischen ihnen. Der Druck baute sich auf und Schweißtropfen rannen über ihre Haut. Er bewegte seine Hand und presste den Daumen an ihre Klitoris. In dem Augenblick explodierte sie. Ashlyn wölbte ihren Rücken, warf den Kopf in den Nacken und schrie ihre Ekstase in die Welt hinaus.

Während der Orgasmus noch in vollem Gange war, beförderte er sie auf den Rücken und nagelte sie mit harten Stößen fest. Dabei nahm er nicht für eine Sekunde den Blick von ihrem Gesicht.

„Kepler, ich komme gleich nochmal." Der Druck, von dem sie ausgegangen war, dass er sich gelöst hatte, baute sich bei seinen tiefen und entschlossenen Stößen erneut auf.

„Mein. Du gehörst mir allein." Seine Zähne hatten sich verlängert und sie wusste, was das bedeutete. Es handelte sich um etwas, nach dem sie sich beide sehnten.

Sie hob den Mund zu seiner Schulter und biss in dem Augenblick zu, in dem er seine Zähne in ihre Haut stieß, direkt an der Stelle, an der er sie das letzte Mal für sich markiert hatte. Vor ihren Augen explodierten die Sterne und für einen Moment wurde ihr schwindelig, sodass sie an ihre Zeit im Höllenschlund erinnert wurde. Dann hörte die Welt wieder auf, sich zu drehen und es existierte nur noch Kepler. Sie fühlte seinen Herzschlag in ihrer Brust, so tief reichte die Verbindung.

„Ich liebe dich, Kepler." Befriedigt seufzte sie auf dem Bett aus Kleidung, zu erschöpft, sich zu bewegen.

Von seinen schweren Atemzügen hob und senkte sich seine Brust, während er sich über ihr mit den Ellbogen abstützte. Mit einer Hand streichelte er durch ihre Haare und legt seine Stirn an ihre. „Ich liebe dich auch."

Nachdem sie von dem berauschenden Hoch wieder runtergekommen waren, machte er es sich hinter ihr bequem und sie fühlte seine Wärme an ihrem Rücken. „Ist es komisch, dass ich diesen Ort niemals mehr verlassen möchte?"

Sie lächelte und schmiegte sich enger an ihn. Sie liebte es, dass sie seinen Schwanz an ihrem Po zucken spürte. „Mir geht's genauso."

Umgeben von dem gesegneten Licht der Quelle machten sie den Rest der Nacht Liebe.

Obwohl die Verhandlung für Jen anstand, war es in Tessas Haus überraschend ruhig. Harsches Morgenlicht strömte im Erdgeschoss durch hohe Fenster, sodass alles irgendwie bedrohlicher wirkte. Anstatt der bequemen Sitzgruppe standen in dem Zimmer nun Stuhlreihen. Die verschiedenen Wandler und Hexen hatten zu beiden Seiten des Ganges zwischen sich eine unsichtbare Grenze errichtet.

Zu den ersten Ankömmlingen zählten Ashlyn und Kepler. Sie setzten sich ganz nach vorn und schauten nun auf einen langen Tisch, an dem die Ratsmitglieder bereits Platz genommen hatten. Ashlyn schaffte es nicht, den Blick von ihnen zu nehmen. Sie konnte sich den Grund nicht erklären, aber irgendwie hatte sie erwartet, dass die Wandleranführer mehr wie Tiere aussehen würden. Stattdessen trugen sie Jeans und Hemden und Frisuren wie jeder Mensch auf diesem Planeten das tat. Neben ihnen saß das Ratsmitglied der Zirkel, die mit ihrem französischen Knoten und ihrer makellosen braungebrannten Haut einen übernatürlicheren Eindruck machte als die Gestaltwandler.

Kepler lehnte sich zu ihr und flüsterte ihr ins Ohr: „Bist du dir sicher, dass du bei der Verhandlung anwesend sein möchtest? Ich nehme stark an, dass es kein schöner Anblick wird."

„Ja, bin ich. Ich möchte hier sein. Ich will auf keinen Fall, dass Hamilton leiden muss", sagte Ashlyn. „Auch ohne Hamilton zu berücksichtigen, ist es einfach barbarisch, Jen bei lebendigem Leib zu verbrennen."

„Könnte ich ihr eine schlimmere Strafe geben, würde ich es tun. Sie ist für den Tod von mindestens neun Wandlern verantwortlich. Zudem hätte sie dich fast auf dem Gewissen gehabt."

Ashlyn schüttelte den Kopf. „Dafür trägt ausschließlich der Agathioner die Verantwortung und nicht Jen."

„Sie hat den Höllenschlund geöffnet", betonte Kepler. „Sie hat ihn in diese Welt gelassen. Solange sie atmet, gilt sie als Schwachstelle."

Mit einem wütenden Blick funkelte Ashlyn ihn an. „Nach der Logik hättest du mich dem Rudel übergeben und ihnen erlauben müssen, mich sofort zu töten."

Ihm wich die Farbe aus dem Gesicht. „Ich klinge schon genauso schlimm wie das Rudel, oder?"

„Nein, ich bitte dich aber, an eine andere Bestrafung zu denken, die nicht beinhaltet, Jen bei lebendigem Leib zu verbrennen."

In dem Moment erschien Tessa aus dem Flur von rechts. In der Hand hielt sie die Tragebox mit Hamilton. Jen folgte direkt hinter ihr, ihre Augen auf den Boden gerichtet. Tessa trat neben dem langen Tisch über einen kleinen Kreis aus Steinen, der um einen Holzstuhl gebildet worden war, und stellte die Tragebox ab. Jen setzte sich auf den Stuhl, faltete die Hände auf dem Schoß und mied es weiterhin, in die Gesichter der Anwesenden zu blicken. Die Zirkelanführerin ging auf Abstand und vollführte mit den Armen elegante Bewegungen. Magie knisterte im Raum und Ashlyns Haut kribbelte, als machte sich ein Insektenschwarm an ihr zu schaffen.

Am Tisch erhob sich das Ratsmitglied der Hexen. In einem teuren Kostüm und hohen Stilettos machte sie den Eindruck, in den Ausschuss eines New Yorker Unternehmens zu gehören. Stattdessen saß sie in Alaska bei einer provisorischen Verhandlung. „Dies ist die Urteilsverkündung für Jennifer Lynn Elliot für ihre Anwendung verbotener Magie, ihre Mitschuld an dem Tod von neun Wandlern und der Gefährdung eines weiteren. Jennifer hat die Tat zugegeben und sich der Entscheidungskraft der Ratsmitglieder untergeben. Bevor wir fortfahren: Möchte die Angeklagte noch etwas mit uns teilen?“

Jen hob den Kopf und ihr Blick kollidierte für einen kurzen Augenblick mit Ashlyns, bevor sie wieder auf den Boden schaute. „Nur, dass es mir aufrichtig leidtut, was ich getan habe. Niemals hätte ich erwartet, dass dabei Leute zu Schaden kommen würden. Ich habe nur versucht, meinen Vertrauten zu retten. Es war dumm, auf die Lügen des Agathioners reinzufallen.“

„Darf ich etwas sagen?“ Muffys Stimme erhob sich aus der Zuschauermenge.

Das Ratsmitglied runzelte die Stirn, aber nickte. „Bitte teilen Sie uns Ihren Namen mit und den Beziehungsstatus zu der Angeklagten."

„Muffy, bitte nicht", sagte Jen. Eine Träne rollte ihr über die rechte Wange. „Bring dich nicht mit mir in Verbindung."

Muffy ignorierte sie. „Mein Name ist Muffy und Jen ist meine Schwester. Ich möchte betonen, dass ich sehr wohl weiß, wie schlimm es ist, was Jen getan hat. Sie hat einen unverzeihlichen Fehler begangen, aber sie hat nicht mit Vorsatz gehandelt. Es ist wie der Vergleich zwischen Mord und Totschlag. Ich flehe das Gericht an, Erbarmen mit ihr zu haben und nicht die höchste Strafe auszusprechen."

Ratsmitglied Riordan erhob sich und seine blass aufblitzenden Augen zeigten seinen Wolf. „Wäre es nur einmal passiert, würde ich es einen … Fehler nennen. Sie hat diesem Monster erlaubt, neun Gestaltwandler zu töten."

„Sie hat diese Wandler aber nicht getötet", betonte Muffy. „Auch der Agathioner hat niemanden getötet. Technisch gesehen wurden sie alle von anderen Gestaltwandlern umgebracht."

Die Anwesenden protestierten lautstark.

„Weil sie den Verstand verloren hatten!"

„Versuche nicht, die Schuld den Gestaltwandlern in die Schuhe zu schieben!"

„Einem Abtrünnigen kann nicht mehr geholfen werden."

„Ruhe!", brüllte das Ratsmitglied der Zirkel. Es war beeindruckend, wie sehr ihr Tonfall an den eines Alphatieres erinnerte.

Die Anwesenden verstummten.

„Es geht bei diesem Verhör nicht um das Warum oder das Wie. Es geht um Gerechtigkeit. Jennifer hat sich ihrer Schuld bekannt. Die Strafe für ihre Tat ist Tod durch Feuer."

Neben Kepler stand Ashlyn auf. „Ich würde auch gerne etwas sagen."

Das linke Auge des Zirkelratsmitglieds zuckte in offensichtlicher Verärgerung. Sie spitzte die Lippen und nickte. „Das ist als das Opfer der Angeklagten Ihr Recht."

„Ich behaupte nicht, dass wir Jen ihre Taten verzeihen sollten, aber ich möchte mich für ihren tierischen Vertrauten Hamilton aussprechen. Er hat mir dabei geholfen, meine Wölfin aus dem Gefängnis des Agathioners zu befreien. Ich weiß nicht genau, welche Rolle ihr Vertrauter bei den toten Gestaltwandlern gespielt hat, oder wieso sie zu Abtrünnigen wurden und ich nicht, aber schlussendlich war es Jens Magie, die mich gerettet hat. Ich denke, dass Jen und ihr Vertrauter am Ende versucht haben, das Richtige zu tun."

„Weil der Agathioner sein Versprechen gebrochen hat", sagte Tessa, ihr Gesicht eiskalt.

„Was meinst du damit?", fragte Ashlyn und ließ den Blick zwischen der Zirkelanführerin und der Angeklagten hin und her springen.

Schluchzend sah Jen zu der Tragebox. Hamiltons winziges Gesicht war zwischen den Stäben an der Tür zu erkennen. Bemitleidenswert sah er zu Ashlyn. „Das Monster versprach, Hamilton freizulassen, wenn ich ihm ein letztes Mal helfe. Das hat er. Allerdings hat er Hamilton nicht zu mir geschickt. Stattdessen warf er ihn in den Höllenschlund, allein und schutzlos."

Ashlyn erinnerte sich an das Gefühl, in der dunklen Welt gejagt zu werden und erschauerte. Sie wandte sich den Anwesenden zu. „Ich weiß, dass ich noch neu bin und ihr keinen Grund habt, auf mich zu hören, aber ich möchte mich für Hamilton einsetzen. Wenn ich es richtig verstanden habe, ist ein tierischer Vertrauter mit seiner Hexe verbunden, ähnlich wie es auch das Tier in uns ist." Über ihre Schulter sah sie zu dem Ratsmitglied der Zirkel. Die Frau nickte. Ashlyn fuhr fort: „Meine Wölfin war bereit, sich zu opfern, um mich zu retten, und das würde ich auch für sie tun. Sicher würde ich unüberlegt handeln, wenn ich der Hoffnung bin, dass sie das vor dem Tod bewahrt. Bestimmt geht es euch nicht anders."

Sie machte eine Pause, sodass sich ihre Worte manifestieren konnten, bevor sie sich wieder dem langen Tisch zudrehte. „Jen bereut ihre Taten und wird den Preis dafür zahlen. Sie jedoch bei lebendigem Leib zu verbrennen, würde auch Hamilton töten. Nebenbei bemerkt auf eine furchtbar barbarische Weise. Das hat er nun wirklich nicht verdient. Als eine Überlebende bitte ich das Gericht, eine alternative Bestrafung für Jen zu finden, sodass ihr Vertrauter nicht noch mehr Leid erfahren muss."

„Ich schätze es, wie gnädig Sie sind", sagte das Ratsmitglied der Hexen. „Jedoch gibt es nur eine

Möglichkeit, um sicherzustellen, dass Miss Elliot nicht länger von dem Agathioner benutzt werden kann: Wir müssen ihre Seele verbrennen."

Das schnürte Ashlyn die Kehle zu. „Als ich aus dem Höllenschlund zurückkam, war es mir möglich, den Agathioner abzuwehren, indem ich wieder zum Menschen wurde. Es muss doch einen anderen Weg geben, Jen ihre Kräfte zu nehmen und damit den Agathioner von ihr fernzuhalten, der nicht beinhaltet, sie anzuzünden."

„Ja!" Muffy erhob das Wort und jeder einzelne Kopf im Raum wandte sich zu ihr. „Jen kann sich ihre Kräfte entziehen. Sie kann sich zu einem Menschen machen."

Dieses Mal waren es die Hexen im Raum, die nach Luft schnappten. Ausdrücke wie ‚schlimmer als der Tod' und ‚Zombie' waren zu hören.

Die Wange des Ratsmitglieds der Hexen zuckte. Wie es schien, war sie tief in Gedanken versunken. „Das würde den Bund mit ihrem Vertrauten kappen. Somit bliebe ihm Jennifers Schicksal erspart."

Jens Ausdruck verlor jegliche Farbe. Sie klammerte sich fester an ihre eigenen Hände, sodass sich ihre

Knöchel weiß färbten. „Wenn das bedeutet, dass Hamilton leben darf, werde ich es tun.“

„Und so muss sie nicht sterben.“ Muffy lief auf den großen Tisch zu und blickte verzweifelt zwischen Ashlyn und dem Hexenratsmitglied vor und zurück. „Sie wird ein harmloser Mensch sein.“

„Ich glaube nicht, dass Sie verstehen, was Sie verlangen.“ Das Ratsmitglied runzelte die Stirn. „Eine derartige Strafe wird Ihre Schwester nur länger leiden lassen. Die Wahrscheinlichkeit ist hoch, dass sie sich in den ersten Wochen umbringt, da sie die Leere nicht erträgt, die ihre Magie hinterlassen hat.“

Ashlyn erinnerte sich an den Moment, als sie erkannte, dass sie ihre Wölfin verloren hatte. Bis ins Mark hatte das Gefühl gereicht, etwas zu verlieren, was so außergewöhnlich war. Und sie hatte ihren Wolf erst ein paar Tage bei sich gehabt. Wie schlimm wäre es für eine Hexe, die von Geburt an über magische Kräfte verfügte? Ashlyn erhob das Wort: „Wird sie das in einen Zombie verwandeln?“

„Nicht, wie du das vielleicht denkst. Es wird aber wehtun und sie wahrscheinlich in den Wahnsinn treiben“, antwortete das Ratsmitglied der Zirkel.

Tessa fügte hinzu: „Es ist die Hexenversion eines Abtrünnigen."

Jen lehnte sich vor und legte die Hände sanft auf die Tragebox. „Erlaubt mir zumindest, dafür zu sorgen, dass Hamilton nicht länger leiden muss. Danach könnt ihr mit mir machen, was ihr wollt."

Ratsmitglied Dixon, der Vertreter der Selkie, erhob das Wort: „Jahrelang hat sie die Benutzung von schwarzer Magie geheimgehalten. Wie können wir darauf vertrauen, dass sie sich ihre eigene Magie entreißt?"

Das Zirkelratsmitglied rieb sich die Schläfe und seufzte. „Die anderen Zirkelanführer und ich werden sie testen und sicherstellen, dass kein Funke Magie in ihr verbleibt. Auch ihren Vertrauten können wir testen, um zu beweisen, dass er wieder ein normales Tier ist. Empfehlen tue ich diese Strafe allerdings nicht."

Ratsmitglied Riordan zog die Oberlippe in einem wölfischen Fauchen nach oben. „Ich sage, dass sie am eigenen Leib spüren soll, was sie ihren Opfern angetan hat. Sie soll wissen, wie es sich anfühlt, die Kontrolle über den eigenen Körper zu verlieren, bevor sie schließlich stirbt."

Ashlyn schluckte schwer. Mittlerweile bereute sie es, dass sie bei der Strafe ein Mitspracherecht eingefordert hatte. Im Vergleich schien es nicht so schlimm zu sein, beim lebendigen Leib verbrannt zu werden.

Das Ratsmitglied der Zirkel signalisierte einer Hexe, die abseits stand, zu ihr zu kommen, und flüsterte ihr etwas in das Ohr. Die Hexe verschwand in einem Flur und kehrte wenige Sekunden später mit einem kleinen Lederbeutel zurück, den sie an das Ratsmitglied weiterreichte. Sie erhob sich von ihrem Platz hinter dem langen Tisch und näherte sich Jen. Die Absätze ihrer Stilettos klickten bedrohlich auf dem Holzboden. „Holen Sie bitte den Vertrauten aus seiner Box und erheben Sie sich für die Urteilsverkündung."

Mit zitternden Händen öffnete Jen die Tür und zog Hamilton heraus. Als sie sich aufrichtete, presste sie ihm einen kleinen Kuss auf das Köpfchen. Dann hob sie den Kopf und Ashlyn sah die Tränen in ihren Augen. „Wir sind so weit."

„Hiermit lautet die Strafe, dass Sie sich Ihrer magischen Kräfte entziehen müssen. Anschließend werden Sie für den Rest Ihres Lebens in die Obhut Ihrer Schwester gegeben. Falls Sie dieser Bestrafung nicht sofort nachkommen, werden Sie vor dem morgigen Sonnenaufgang dem Feuer übergeben. Wurde das verstanden?“

Jen nickte und schluckte schwer, bevor sie herauspresste: „Ja.“

Das Zirkelratsmitglied öffnete den Lederbeutel und zog einen glänzenden Dolch und zwei Ampullen heraus. Eine davon war braun, die andere grün. Beide bot sie Jen an.

Hamilton quietschte und zappelte in Jens Armen, schmiegte sich mit seinem kleinen Gesicht an ihren Hals, als würde es sie dazu bringen wollen, ihre Meinung zu überdenken.

Sie rieb die Wange ein letztes Mal an ihm, bevor sie ihn auf den Boden setzte. „Geh, Hamilton.“

Für einen Moment zögerte das Frettchen und sah sie aus seinem verbliebenen Auge an. Dann wirbelte es herum und rannte auf Muffy zu.

Jen nahm die Gegenstände entgegen und starrte für eine Sekunde in die Menge. Es folgte ein tiefer Atemzug und ein paar Bewegungen ihrer Hände. Anschließend leerte sie den Inhalt der Ampullen auf die Klinge. Sie murmelte Worte, die Ashlyn nicht verstand und schließlich trieb sich Jen den Dolch zwischen die Rippen.

Ashlyn schnappte schockiert nach Luft, als Jen auf ihre Knie fiel. Sie fing sich mit einer Hand ab, während sie mit der anderen noch immer die Klinge festhielt. Eine Blutpfütze bildete sich in dem Kreis aus Steinen, die an der Grenze zu einem magischen Halt kam. Um Jens Körper pulsierten Lichter im Takt zu ihrem Herzschlag. Mit jedem Puls ließ die Leuchtkraft nach, bis das Licht schließlich vollkommen erlosch.

Mit dem Bedürfnis, die Blutung zu stoppen, machte Ashlyn einen Schritt auf Jen zu, aber Kepler wickelte die Finger um ihren Arm und stoppte sie. „Du darfst dich nicht einmischen."

Entsetzt beobachtete sie, wie Jen sich die Klinge herauszog und auf ihrer linken Seite zusammenbrach. In einer Fetusposition glitt der Dolch schließlich aus ihrer Hand, die glänzende Klinge verrostet und pechschwarz.

„Ist sie tot?", flüsterte Ashlyn.

Die Hexen unter den Anwesenden standen auf und bewegten sich auf den Steinkreis zu. Sie formten eine Wand, blickten in die Mitte des Kreises und summten ihre magischen Worte. Ashlyns Herz wurde von der Macht umhüllt, bis es ihr kaum noch möglich war, zu atmen. Sie sah zu Muffy, die Hamilton an ihre Brust drückte. Tränen rannen über ihre geröteten Wangen. Das Frettchen zappelte, aber Muffy ließ es nicht los.

Unerwartet verschwand die Magie und die Wand aus Hexen löste sich auf. Jen lag noch immer, wo sie zusammengebrochen war. Ihre Schultern bebten von den leisen Schluchzern. Das Blut auf dem Boden war nicht mehr zu sehen. Hamilton entfloh Muffys Griff, rannte unter den Stühlen durch und dann war er verschwunden.

Das Ratsmitglied der Zirkel wandte sich an den Raum: „Die Strafe wurde verhängt. Die verschiedenen Zirkel haben bestätigt, dass Jennifer Lynn Elliot ihre eigenen Kräfte aufgegeben hat und nun ein normaler Mensch ist. Damit steht sie nicht länger unter dem Schutz unserer Gemeinschaft.“

Ein Chor aus Bejahungen ertönte von den Hexen, begleitet von verstimmtem Gemurmel der anwesenden Gestaltwandler.

Ratsmitglied Riordan stand auf und mit einem Blick brachte er die Menge zum Schweigen. „Die Hexe hat ihre Strafe verbüßt. Obwohl sie nicht länger unter dem Schutz der Hexen steht, spreche ich hiermit eine Warnung aus: Sie ist jetzt ein Mensch. Wer ihr Schaden zufügt, wird entsprechend zur Rechenschaft gezogen."

Die Wandler gaben zu verstehen, dass sie verstanden hatten. Leider befürchtete Ashlyn, dass Jen nicht lange am Leben sein würde. Muffy kniete neben ihrer Schwester und ermutigte sie, aufzustehen. Jens Augen waren geöffnet und ihre Brust hob und senkte sich, aber die Leere in ihren Tiefen war unmissverständlich. Ashlyn kannte das Gefühl gut.

Fast hätte sie Mitleid für die Hexe empfunden.

Aber nur fast.


Kepler lehnte sich an die Arbeitsfläche und trank von seinem Kaffee. Dabei beobachtete er, wie sich Ashlyn mit ihrer Cousine Lana durch die Küche der Bäckerei bewegte. Er musste zur Arbeit. Nachdem, was in der letzten Zeit alles vorgefallen war, hasste er es jedoch, seine Gefährtin zu verlassen. Zudem gab es für ihn immer Muffins, wenn er in die Bäckerei kam, und so verbrachte er regelmäßig seinen Morgen mit ihr, bevor er sich zur Arbeit aufmachte.

Lana lief mit einem Tablett voller Donuts in den Verkaufsbereich und schob es in die Vitrine neben der Kasse. Anschließend kam sie erneut in die Küche. Er mochte Ashlyns Cousine. Was er nicht mochte, war, dass er seine Begierde nach seiner Gefährtin im Zaum halten musste. Immer wieder sah Lana aus dem Fenster und er hatte das starke Gefühl, dass sie mehr als einen Grund für ihre Hilfsbereitschaft in der Bäckerei hatte. Seit Tagen benutzte sie die Ausrede, dass ihr Boot am Hafen repariert werden musste.

Das Glöckchen über der Tür ertönte und Cals Stimme drang bis in die Küche vor. „Ich bin's nur!"

Lanas Gesicht hellte sich auf. Sie schob sich die losen Strähnen ihrer blonden Haare unter das Baseballcappy und machte sich zum zwanzigsten Mal an die Aufgabe, die Bearclaw-Gebäcke neu zu sortieren.

Kepler blickte zu Ashlyn und zog eine Augenbraue hoch. *Ich habe es dir doch gesagt.*

Ashlyn schmunzelte und schickte ihm: *Sie ist nur ein bisschen verknallt.*

*Daraus wird nichts werden.* Er schüttelte den Kopf. *Sie ist nicht seine Gefährtin, sonst hätte er bereits etwas gesagt.*

Ihr Schmunzeln verschwand. *Verdammt.* Lana hatte ihren Ehemann erst vor Kurzem verloren und Ashlyn achtete stets darauf, dass ihre Cousine nicht noch mehr Herzschmerz erleiden musste.

Cal kam in die Küche. Er trug seine neue braune Wildlife-Trooper-Uniform. Nach der Verhandlung hatte Finch ihm einen Einstiegsposten verschafft. Kepler hatte seinen Freund noch nie so glücklich gesehen.

Mit einem Blick auf Keplers weinrotes T-Shirt steuerte er direkt auf die Bearclaws zu. „Nettes T-Shirt."

„Danke", erwiderte Kepler. Auf dem T-Shirt stand geschrieben: *Hör auf, die Cookies meiner Frau anzustarren.* Nachdem er es Ashlyn gezeigt hatte, kicherte sie auch noch Stunden später, wenn sie erneut einen Blick darauf warf.

Cal nickte Lana zu, als er sich ein Gebäck nahm. „Hey, wie geht's?" Ohne auf eine Antwort zu warten, zog er sich einen Hocker heran und wandte sich Kepler zu. „Und? Hast du dich schon entschieden?"

Lanas Wangen erröteten und sie klopfte sich unsichtbares Mehl von der Jeans. „Ähm, ja, gut. Mir geht's gut. Ich muss los."

Sie hastete aus der Küche und durch die Eingangstür. Der Wind brachte den Geruch nach Schnee mit sich, der für einen Augenblick den köstlichen Duft in der Küche überdeckte.

Ashlyn runzelte die Stirn. „Was war das?"

Cal sah gleichermaßen verwirrt aus und sprach mit vollem Mund: „Keine Ahnung. Ich dachte, wir hatten einen netten Abend."

Kepler verengte die Augen und starrte seinen Freund nieder. „Das hast du nicht gemacht."

„Was? Ja, das haben wir." Auch das letzte Stück des Gebäcks landete in seinem Mund.

Nachdem Ashlyn ihre Ofenhandschuhe zur Seite geworfen hatte, blickte sie kurz in den Verkaufsbereich, bevor sie Cal mit ihren Augen festnagelte. „Du solltest sie nicht glauben lassen, dass du mehr von ihr willst."

„Das habe ich auch nicht. Sie kam gestern Abend vorbei, um mit mir … abzuhängen." Er zuckte mit den Achseln.

Kepler stellte seine Tasse ab und stemmte die Hände in die Hüften. Es war nicht ungewöhnlich, dass Gestaltwandler ihren Spaß mit Menschen hatten, obwohl sie wussten, dass daraus nichts Langfristiges entstehen konnte. Noch nie hatte Kepler ernsthaft darüber nachgedacht, wie sich ein Mensch dabei fühlte. Bis jetzt. „Lass die Finger von Lana."

Cal runzelte die Stirn. „Sie ist eine erwachsene Frau. Wie wir alle hat sie Bedürfnisse."

„Sie ist mental gerade nicht stark genug, Cal." Ashlyn seufzte. „Lass sie einfach in Ruhe, okay?"

Cals Stimmung kippte und er nickte. „Na gut." Er griff nach einem zweiten Bearclaw. „Spaß hatten wir aber."

Ashlyn schlug ihm auf die Hand. „Pfoten weg von den Claws. Die sind für die zahlende Kundschaft."

„Es gefällt mir besser, wenn Lana das Sagen hat." Er leckte sich die Finger. „Bekomme ich nicht zumindest einen Rudelrabatt?"

Cal raubte ihm seit den Flitterwochen den letzten Nerv. Er wollte, dass Kepler endlich ihr Rudel anmeldete. Kepler war für diesen Schritt noch nicht bereit. Seine volle Konzentration galt nach wie vor seiner Gefährtin. „Geh mir mit dem Thema nicht auf den Sack. Ich habe mich noch nicht entschieden."

„Dann lass es Ashlyn tun. Schließlich ist sie auch ein Alpha." Cal leckte über die Spitze seines Zeigefingers, um damit Krümel von einem Blech einzufangen. „Wahrscheinlich sogar mehr Alpha."

Ashlyns verwirrter Blick verwandelte sich zu einem Schmunzeln. „Es stimmt also, was Kepler sagt: Du bist ein Schleimer, Cal." Amüsiert schüttelte sie den Kopf. „Ich muss aber sagen: Es gefällt mir."

Cal grinste. „Siehst du, Kep? Hör auf deine bessere Hälfte." Er schnappte sich einen Bearclaw und marschierte an Ashlyn vorbei, bevor sie ihn stoppen konnte. „Ich muss los. Finch hat mich auf eine Mission geschickt. Ich soll herausfinden, wer die Elche um den Skilak-Lake schikaniert. Wir sehen uns!"

Kepler sah auf sein Handy. Es war sieben Uhr dreißig. „Ich sollte auch los."

Ashlyn legte eine Hand auf seine Brust. „Wir sollten darüber reden."

Er seufzte. Seine Gefährtin war dem Gedanken weniger abgeneigt, ein Rudel zu bilden. Mit seiner

Hand auf ihrer sah er ihr tief in die Augen. „Es ist eine riesige Verantwortung."

Sie schlang die Arme um ihn und legte den Kopf in den Nacken. „Trotz seiner Angewohnheit, Gebäck zu stehlen, ist Cal ein würdiges Rudelmitglied. Es ist gut, Freunde zu haben, die dir in einer schwierigen Situation den Rücken stärken."

Es gefiel ihm nicht, es zuzugeben, aber sie hatte recht. Cal hatte seine Treue bewiesen, selbst als Kepler diese angezweifelt hatte. „Was ist mit Finch?"

Verwirrt blickte sie zu ihm auf. „Ist es nicht merkwürdig für einen Grizzly, sich einem Wolfsrudel anzuschließen?"

„Genau das meine ich. Zudem ist Finch mein Chef. Wie soll das funktionieren, wenn ich sein Alpha bin?"

Mit einem Grinsen auf dem Gesicht sagte sie: „Dann kannst du ihm befehlen, dir eine Gehaltserhöhung zu geben."

Er lachte. „Du und deine Witze."

„Denkst du wirklich, dass das ein Witz war?" Sie zog die Augenbrauen hoch. „Aber mal ehrlich: Es wird funktionieren. Das weiß ich. Und dann leben wir glücklich, bis ans Ende unserer Tage."

Kepler zog sie enger an sich und atmete ihren süßen Wildblumenduft ein. „Das bin ich bereits."

Nicht mal in seinen wildesten Träumen hätte er sich ausmalen können, so glücklich zu sein. So zufrieden mit der Welt. Er hatte seine Gefährtin gefunden, sie beinahe verloren und sie stärker als zuvor zurückbekommen. Er musste sie küssen und genau das tat er, kostete von ihrer Süße und genoss ihre weichen Lippen an seinen. Als der Kuss zu einem Ende kam, atmete er schwerer und hatte das tiefe Bedürfnis, sie hier und jetzt zu nehmen.

Sie rieb sich mit der Wange an seinem Kinn. Ein verführerisches Grinsen zeigte sich unter ihren glühenden blauen Augen. „Geh zur Arbeit, mein Schatz. Lass es aber ruhig angehen. Ich habe Pläne für den Feierabend."

Grinsend küsste er sie auf die Stirn. Sie würden viele Jahre miteinander verbringen. Jahrhunderte. Und er konnte es nicht erwarten.

Lieber Leser,

danke, dass Du Keplers und Ashlyns Geschichte gelesen hast! Ich liebe es, mir eine paranormale Welt vor meiner Haustür in Alaska vorzustellen. Im nächsten Buch der *Alphas in Alaska*-Reihe geht es um Ashlyns Cousine Lana und einen miesmuffigen Selkie-Wandler.

*Gestrandet auf einer einsamen Insel mit ihrem ärgsten Feind, der ein unerwartetes Geheimnis in sich trägt ...*

Zum Kaufen des nächsten Teils tippe jetzt auf das Cover. Für eine Leseprobe wische zur nächsten Seite.

xoxo,

Tamsin

# ELIAS' GEHEIMNIS

LESEPROBE

1

Gefiedel schnitt durch die kalte Novemberluft, als Captain Elias Sobol vor der schweren Tür der Bar zögerte. Bei dem flackernden Neonlicht im Fenster wurde ihm übel und die Luft knisterte in der Ankündigung eines Sturms. Sogar seine Robbe war nervös, vibrierte mit der Vorfreude, die vor einem Sprung ins kühle Nass einherging. *Es liegt einzig und allein daran, dass mir diese Stadt noch neu ist.* Es gefiel ihm nicht, ins Revier einer fremden Selkie-Kolonie einzufallen. Jedoch war die gesamte Besetzung der *Utkin* zusammengekommen, um Bobbys ersten Bandauftritt zu unterstützen, und Elias hatte nicht vor, ihn zu enttäuschen.

Sein Erster Offizier Jacob öffnete die Tür von innen. „Kommst du? Wir haben direkt vor der Bühne einen Tisch ergattert."

„Ja, gleich." Elias richtete seinen Pelz – für Menschen schien es wie eine Weste aus Robbenfell – und trat über die Türschwelle. Wärme umfing ihn, zusammen mit dem überwältigenden Geruch nach Menschheit und verschüttetem Bier. Obwohl die Touristensaison bereits vorbei war, drängten sich in der Bar die Leute. Die Gesichter wurden von den Weihnachtslichterketten beleuchtet, die kreuz und quer unter der Decke hingen. Elias entdeckte Waltons Robbenfellhut vor der tiefen Plattform, auf der Bobby mit seiner Band stand und einen tempogeladenen Takt vorgab.

Er drehte sich seitwärts und quetschte sich durch die Menge, so wie er das im Meer machte, wenn er durch einen Algenwald schwamm. Vielleicht sollte er nach dem Auftritt an den Strand gehen und sich verwandeln. Seine Robbe schwimmen zu lassen, sollte seinen Verstand etwas aufklaren. Er lief auf die lange Bar zu und wurde plötzlich von einem köstlichen Duft in Aufregung versetzt. Zimt und Mokka und ein unterschwelliger Wink nach … Sex.

Sein Herzschlag beschleunigte sich und dann wurde er nur noch von einem Gedanken beherrscht: *Gefährtin.* Seine Augen landeten auf einer kleinen Frau mit braunen Locken, die sich auch von ihrer pinken Wintermütze nicht bändigen ließen. Mit dem Rücken zu ihm saß sie auf einem Barhocker. Was er sehen konnte, waren ihre weiblichen Kurven, die ihr Oberteil und die Jeans perfekt ausfüllten. Ein wahres Mädchen aus Alaska. Er konnte das anerkennende Heulen seiner Robbe nicht unterdrücken.

Sie drehte sich auf dem Hocker, um sich die Band anzusehen, womit sie ihm nun ihr Profil präsentierte. Ihre Wangen waren gerötet, als wäre sie gerade erst von der Kälte in die Wärme getreten. Ihr breites Lächeln war es, das sich direkt auf Elias' Herz auswirkte. Jedoch war das Lächeln nicht für ihn gedacht. Sie unterhielt sich mit einem Mann neben ihr, dessen zerwühltes, dunkelblondes Haar zu den Seiten abstand.

Elias rollte mit den Schultern und schüttelte seine Aggression ab. Nicht alle Wandler fanden ihre wahren Gefährten, wenn sie das aber taten, war die Anziehungskraft überwältigend und kaum zu kontrollieren. Er hoffte wirklich, dass sie menschliche Dinge gemeinsam hatten.

Er tadelte sein Tier: *Du wusstest genau, dass wir sie hier finden würden, oder?*

Seine Robbe antwortete mit lüsternen Gedanken.

Schnell merkte er, wie sein Körper reagierte, und er musste den Kopf schütteln, schaffte es jedoch nicht, sein Lächeln zu verbergen. So oft hatte er gehört, dass man sein erstes Treffen mit seiner Gefährtin niemals vergaß. *Mir wäre es lieber, sie würde unsere erste Begegnung nicht mit einem Perversling in Verbindung bringen, der sie in einer Bar anspricht.* Elias drückte die Schultern durch, richtete seine Weste und schlüpfte an einer Gruppe vorbei, die sich zwischen ihm und seiner Frau positioniert hatte.

Seine Gefährtin hatte ihn noch nicht bemerkt. Als er sich näherte, verstand er auch den Grund. Ihr Zimtgeruch verstärkte sich, und das gab ihm deutlich zu verstehen, dass sie ein Mensch war.

*Verdammt.* Das verkomplizierte die Sache. Menschen waren auf ihre Instinkte nicht so eingestimmt, wie das bei Gestaltwandlern der Fall war. Er würde sie umwerben müssen, bevor er sich überlegte, wie er ihr sein Geheimnis offenbarte. Ein paar Hocker von ihr entfernt stoppte er, um sich einen Plan zurechtzulegen. Auf der Bühne spielte Bobby leidenschaftlich seine Geige, der Gitarrist zupfte einen passenden Rhythmus, während der Sänger etwas über das Glücksspiel mit seinem Herz als Einsatz faselte.

Elias' zukünftige Gefährtin wackelte stimmig zum Takt mit dem Kopf.

*Ich könnte sie zum Tanzen auffordern.*

Seine Robbe lachte, denn sein Tier wusste genau, dass Elias zwei linke Füße hatte.

Jemand an dem Tisch neben ihm zog an seinem Ärmel. „Hey, Elias", brüllte eine Frau über die Musik. „Was machst du in Kenai? Willst du mir einen Drink ausgeben?"

Er löste sich von ihrer Berührung und überlegte kurz, wen er vor sich hatte. Letztes Jahr hatte er sie in Homer kennengelernt. Die Nächte mit ihr waren befriedigend gewesen, aber zur Hölle nochmal, er konnte sich nicht an ihren Namen erinnern. Er zwang sich zu einem Lächeln, schüttelte jedoch den Kopf. „Heute nicht, Süße."

Schmollend sah sie ihn an. Davon ließ er sich allerdings nicht aufhalten. Ohne zurückzublicken, ging er weiter. Zumindest hatte sie ihn auf eine Idee gebracht. *Ich kann meiner Gefährtin einen Drink ausgeben.*

Eine Sekunde später war sie in Reichweite, als er plötzlich ein metallisches Glitzern an ihrem Ringfinger wahrnahm. *Verheiratet?*

Er wagte einen zweiten Blick auf den Mann neben ihr. Er spielte nicht in ihrer Liga. War der Ring nur ein Mittel, um sich unerwünschte Verehrer vom Leib zu halten? Er hatte Frauen kennengelernt, die das taten. Er nahm einen Schritt auf sie zu. In dem Moment packte der Mann sie am Kinn und küsste sie. Kein Schmatzer, sondern ein intimer, leidenschaftlicher Kuss.

Elias erstarrte. Bevor sein Gehirn aufholen konnte, packte er den Kerl am Kragen, riss ihn von seinem Hocker und warf ihn auf den Boden.

Augenblicklich sprangen die Leute aus dem Weg.

„Was zum Teufel war das denn!", brüllte der Mann.

„Die Dame schätzt es nicht, begrabscht zu werden", antwortete Elias. Aus den Augenwinkeln sah er, dass sich besagte Dame von ihrem Hocker erhob.

Der Kerl versuchte, auf die Beine zu kommen. „Das ist meine Frau, du Arschloch!"

Ein schweres Gewicht setzte sich in Elias' Magen fest. „Scheiße."

Die Frau starrte ihn mit weit aufgerissenen, braunen Augen an. Dann drehte sie den Kopf und blickte zu ihrem am Boden liegenden Ehemann. *Ehemann. Ehefrau.* Der Ring war nicht nur ein Scherzartikel.

Wenn es eine Grenze gab, die Elias niemals übertreten würde, dann war es diese. Auf keinen Fall würde er einem Mann seine Frau stehlen.

Etwas Hartes kollidierte mit Elias' Wange. Sein Kopf schnappte zur Seite. Er stolperte und als er sich dem Mann wieder zuwandte, landete der zweite Schlag auf seinem Auge. Sterne tauchten in seinem Sichtfeld auf. Instinktiv hob er die Fäuste. Der Mann war auf die Füße gekommen, seine Fäuste wie ein Boxer vor seiner Brust. Erneut holte er aus. Dieses Mal konnte Elias ausweichen.

Jemand in der Menge brüllte: „Kampf, Kampf, Kampf!"

„Peter, hör auf", rief die Frau. Mit beiden Händen griff sie nach dem rechten Arm ihres Ehemannes.

Es kam selten vor, dass Elias in eine Rauferei geriet. Wenn es jedoch passierte, dann aus gutem Grund. Andererseits war er niemand, der sich freiwillig ergab. Natürlich verstand er, warum der Mann vor ihm wütend war. Elias öffnete widerwillig die Fäuste und hob beide Arme in einer wohlwollenden Geste. „Ich dachte, sie wäre jemand anderes. Nur eine Verwechslung."

Der Mann näherte sich. „Blödsinn. Komm schon. Kämpfe, du Weichei."

Die Band hatte ihr Set unterbrochen, während die schaulustige Menge einen Kreis um die Streithähne gebildet hatte. Ein bulliger Türsteher schob sich in den Bereich. „Lass den Scheiß, Peter." Mit beiden Armen ausgestreckt trat er dazwischen und funkelte Elias genervt an. „Ihr könnt euch vor der Tür prügeln."

Elias spürte Jacobs Blick auf sich haften und eine Sekunde später kam die Bestätigung, als er ihm schickte: *Brauchst du Verstärkung?*

Was für ein Chaos. Nein, brauchte er nicht. Er wusste genau, was seine Männer machen würden, fanden sie heraus, dass er seine Gefährtin gefunden hatte. Sie würden versuchen, das Paar auseinanderzubringen. In dem Fall könnte er sich seine Gefährtin genauso gut über die Schulter werfen und sie von ihrem Ehemann stehlen. Stattdessen vertrieb er alle Gedanken an seine Gefährtin, schüttelte den Kopf und schickte zurück: *Nein. Ich bin hier fertig. Sag Bobby, dass es mir leidtut.*

Elias machte kehrt und lief zum Ausgang. In der kühlen Nachtluft angekommen, ignorierte er Peters lallende Bemerkungen und stieg in seinen Pick-up. Es dauerte eine Weile, bis er sich beruhigt hatte. Erst jetzt wurde ihm bewusst, dass er niemals den Namen seiner Gefährtin erfahren würde.

ÜBER DIE AUTORIN

Vor langer, langer Zeit habe ich es mir in den Kopf gesetzt, biomedizinische Technikerin zu werden. Das Aufschneiden von Laborratten führt allerdings selten zu einem glücklichen Ende, wie man es aus Büchern kennt. Jetzt vermische ich meine Begeisterung für die Wissenschaft mit charakterorientierter Romance und einem garantierten Happy End. Meine Monster finden immer ihre Gefährten, in Geschichten mit temperamentvollen Protagonistinnen, gequälten Helden und einer guten Portion Erotik. Ich verspreche Dir, meine Geschichten werden Dich nicht hängen lassen. (Obwohl es natürlich passieren kann, dass Du danach noch mehr willst!)

Wenn ich nicht schreibe, dann findest Du mich im Garten oder in der Küche, auf Erkundung durch Alaska mit meinem Ehemann oder bei der Vorbereitung auf eine Zombie-Apokalypse. Ich liebe Wein und Apple Cider. Und auch wenn ich nur ein

bescheidenes Talent dafür besitze, genieße ich es, zu
häkeln.